黑暗咖啡廳的故事

周志文

文藝復興是一種心情
此心情氤氳了整個歐羅巴
別的盛衰可依其行為而蹤跡之
文藝復興至今言猶在耳事猶在身
雖然不會再來雖然是這樣

——木心〈大心情〉

目錄

名字叫黑暗

因為有淡水河，台北的西陲以前曾繁華過，後來都市人口越來越多，容納不下，便朝東區發展，新式的大樓，寬敞的街道，幾乎全在東區，最早開發的西區，反而成了都市裡一個比較沒落的地域了。

大約三十年前，我在一個現已停刊的晚報上客串擔任藝術專刊的編輯。那一段時間，台灣政治情勢動蕩不安，一九七八年底，美國與台灣斷交，一九七九年冬，高雄又發生了美麗島事件，第二年二月，又發生反對運動者林義雄滅門血案，反正那幾年，政治事件一個接一個，弄到整個台灣社會一片緊張。但在這個氣氛下，人需要知道真相，也要在精神上得到疏解，所以報紙這行業反而十分興隆，不論日報晚報，訂戶大增，就是零售，一上架就很快賣空了，所以報業不斷擴充設備，增加版面。我負責的藝術周刊每逢周六以整版刊出，介紹全市一周來的人文藝術活動，包括畫展、音樂會以及有關於藝術文化有關的演講等的。為了避免「冷場」（那時的藝術活動不像今天的頻繁，水準高的更少），我更約了友人在周刊上開了兩個專欄來介紹有關藝術的新知（其實大部分都是舊聞），同時包括台灣及世界的。我要常常與撰稿的朋友見面，報社給了個編輯室的座位給我，而報社上下，永遠是亂糟糟的，不適合談話。

我們報社在城市逐漸衰退的西區。一天下午我從報社出來，路過一條不起眼的小巷，看到有家新開的咖啡店名字有點奇怪，招牌用英文寫著Darkness，中文寫得小小的，只四個字「黑暗咖啡」，我有一點好奇，便進去坐下。老闆送來一杯濃郁又溫度恰好的咖啡，坐定了，我突然覺得這家咖啡廳不俗，雖然唱機上放著音樂，卻一點都不吵人，地板天花板跟房間的柱子以及桌椅門窗都是原木製品，刷著統一的暗色油漆，燈光不是很強，大白天的時候有些地方還很幽暗，黑暗與安寧有時候是同義詞。我決心下次與友人有約，便來這裡。

我來了幾次，察覺這裡是混亂世界的寧靜場，這家名叫黑暗的咖啡廳與眾不同之處在它的音響，有人以為好的音響有很大的響聲，這點錯了，只有絕對好的音響才能發出「寧靜」的聲音。這家咖啡廳老闆在他調製咖啡的吧台兩旁，放著兩隻AR的3A-Improve的大喇叭，我因為常聽音樂，有一點音響知識，知道這對其貌不揚的喇叭其實是AR的極品，而AR喇叭都是低效率的氣墊式喇叭，這種喇叭「侍候」得好，音色可以美極，而且有非常好的空間感，但缺點是它的反應不是很靈敏，要推得動它需要十分有力的擴大機。有一次我好奇的問老闆這對喇叭的事，說這對喇叭是要「吃」功率的，老闆點頭說是，他興奮的讓我走進他的吧台，要我彎腰看看他櫥櫃下格所放的寶貝，不看還好，一看真把我嚇著了，我看到一對龐大的McIntosh前後級擴大機，前極我已不能確定型號了，好像是C-4型的，後極則是McIntosh最頂級的MC-275的真空管擴大機，難怪推得動這對喇叭，這個後極擴大機不但功率大而且傳達細緻，它放出的音樂，即便聲音不是很大，但縱深很深，又勻稱得很，連細節都讓人聽得清楚。那時，高檯上一架Rivox盤式錄音機，正放著法國作曲家Francis Poulenc的一組鋼琴曲，風味是古典中又帶有一點爵士氣息的。老闆知道我欣賞他的音響，顯得十分高興。

他特別指示我看看他後極擴大機，在MC-275字樣下方有個黃金色的牌子，上面鑄著7727四位數號碼，他問我知道是什麼嗎，我問是不是限量品的編號，他笑著點點頭。他看吧台上的咖啡已經快燒好，請我到座位坐好，說一會兒把咖啡送上。

我在座位上想，編號7727表示這產品至少生產了七、八千件以上了，雖然是極品，這跟名畫家的版畫，編號上了五百，就算是畢卡索的作品，也沒人會太稀罕了一樣。老闆笑盈盈的端上咖啡，問我能否在我前面坐，我說歡迎啊，那時整個咖啡廳只我一個客人，他便坐下，說：

「你一定覺得編號七千多號，還有什麼好稀奇的對嗎？」

「編號多也無損的，畢竟是McIntosh呀。」

「這台機器，對我來說十分珍貴。」他說：「十年前我在紐約SOHO區的一家專賣音響的電器行看到，電器行老闆說有人送這個McIntosh來修理，說放音時會時斷時續的不穩定，老闆後來發現只是真空管的插子有點鬆，只能怪真空管沒做好，機器一點問題都沒有，只要換上另一個真空管就解決了。但當換了真空管之後，主人一直沒回來領取，過了兩年或者更久，已超過了電器行保管的年限了，天曉得這個McIntosh的主人已經忘了或是遭遇了不測，這是音響行老闆說的。音響行依法可以自行處理的，但由於電晶體的產品在七〇年代起已取代了真空管的市場，儘管他們把這部漂亮的二手機器放在店裡的顯要位置，幾個月來，竟沒一個人問它的價錢。」

「後來就落到你的手上？」

老闆點點頭。

「請問你怎麼到紐約的？是留學嗎？」我問。

「那時候我跑船。船正好在紐約曼哈頓的東河碼頭卸裝貨物。」

「不知道該不該問，」我說：「以一個船員，怎麼會知道有這麼一種音響產品？McIntosh算是音響界的頂級品，知道的人是不多的呀！」

「我當時也不太懂音響，更不知道音響中有個McIntosh的牌子。我注意它是因為它實在太好看了。你看它的電容器與電阻做得多精緻？兩個聲道加起來要八個真空管，好端端的立在一邊，再加上鍍銀的面板，鍍金的邊飾，不瞞您說，我以前在工專讀過電工科，我知道好的電氣產品的特徵，好的電氣產品，即使人家看不到的背面的螺絲帽，也做得稜角分明、一絲不苟的。對當時的我而言，它是一個令人驚訝的藝術品，而不僅是個有大輸出的功能擴大機。」

他發現我沒在喝咖啡，跟我說對不起，說害我聽他聊，忘了喝了。他說這包曼特寧是剛剛開包的新鮮貨，要我趁熱先喝了。我喝了一口，還沒涼，溫度剛好，曼特寧有一層特殊的油氣浮在表面，比較能保溫，喝曼特寧的時候，首先聞到的是有一點焦糊的氣味，當探過那層表面之後，底下的咖啡就十分溫潤綿密了。我問他那個McIntosh雖然是二手的，也所費不低吧。他笑著說：

「音響店老闆看我著迷的樣子，便開了一個十分『合理』的價錢，我後來知道，在美國那真算是老闆想跟我『結緣』的價錢，但對於當時的我，還是大數目。我在台灣雖然有聽音樂的習慣，聽的不過是流行歌曲，從未講究過音響，再加上我後來長年在船上，最多只聽聽短波的收音機，買一個發燒級的擴大機對當時的我而言，一無用處。不過最後還是傾我一身所有，把它抱了上船。」

「你很浪漫呀。」

「我知道你的意思，浪漫就是不切實際。」他一笑說：「音響店老闆臨走誇獎我買的值得，他指了指7727的牌子，說這是限量品的編號，大凡有編號的產品，價錢都會比一般品貴一倍以上。我跟他說編號這麼大，有了等於沒有。他咿咿呀呀的對我說了半天，又翻開一本年鑑一樣的舊書指手畫腳的，我連聲說是的是的便走了，我當時的英文程度根本聽不懂他說的是什麼。隔了幾年我的英文比較好了，恰巧看到一本音響雜誌，上面說McIntosh的老闆也是MC-275的設計人對數字7特別著迷，限量的編號必從7字開始，而字頭是77的，則是限量品中的限量品，是不會生產一百個以上的。」

「這麼說來，這隻McIntosh是這種限量品的第二十七號了？」

他微笑點點頭。他問我知不知道編號7725的機器是誰在使用的，我當然只得搖頭，說我怎麼可能知道？他說就在那一期音響雜誌上，雜誌專訪了當時紐約愛樂交響樂團指揮伯恩斯坦，7725便是他在使用的，還有照片為證呢。這麼說來，咖啡廳用的擴大機與伯恩斯坦家裡用的是同一產品，限量編號只相差兩號，確實值得大書特書了。不過我知道，這種設計已逾二十年的老機器雖十分耐用，但還是會壞的，我問他要如何保養。他說老東西設計精良，材料與手工都極好，電容到現在沒壞，一個電阻壞過，由美國原廠寄過來換了，就都沒問題了。倒是真空管是消耗品，一隻大約使用兩千小時就報銷，現在電晶體取代一切，世界生產真空管的廠已不多，不過東歐像蘇聯、烏克蘭、波蘭連中國大陸也還在生產，也容易買得到，他收購了不少能用的，現在放在防潮箱裡「備用」。真空管通電時會發熱，無須特別保養，但長期不用，接頭的插子發霉後就容易鬆脫動搖，空氣進去就壞了，所以要放在防潮箱裡。

咖啡廳老闆在敘述他自己的故事的時候，常常回頭看，似乎並不是把那架擴大機、那對喇叭及其他的周邊設備當成「物」來看，他把它們當成人，甚至是他的朋友。他說他抱著那座McIntosh回台灣後，就找來許多可以與它「匹配」的對象，慢慢的他也會分辨音樂了，連帶唱片錄音的好壞，有關音響的「傳真度」也都深有體會，他說真該感謝十年前與這位「McIntosh先生」在紐約相遇。他說當時他確實耗盡了一身的所有，回船被人家罵了個臭頭，但換來了之後十年的充實生活，「告訴您，」他說：「照這麼說來，McIntosh一點都不貴啊。」

說著正好兩位顧客進門，他便離座去招呼。我把咖啡喝了，也起身離開，我走出咖啡廳時，天色已有些暗了，我回顧小店的招牌，上面Darkness的英文字似乎想向我揭示某些我尚不知的含意，也許有關生活，也許更深一層有關生命，但我始終還沒去揭開它。

有一次我帶一位朋友進去喝咖啡，我介紹他與店主人見面，他們相談甚歡。我的朋友對店名好像獨有會心，他說黑暗與光明正好是相對的名詞，主人寧選黑暗不選光明，表示主人是一個會獨立思考的人。再說光明失去了黑暗的襯托，也就顯示不出它的價值了，所以選黑暗做店名，就有一種孤芳自賞的味道，又有種像是我不入地獄誰入地獄的道德勇氣。我的朋友是一位在藝術系搞理論的教授，他對十九世紀末到二十世紀初的歐洲象徵主義有獨到的研究，最近又寫了兩篇論國畫中竹與菊的文章，給我們周刊連載，圖文並茂，引起不少好評。

老闆給我們送上咖啡時，一直笑盈盈的站在一邊聽著，教授知道他聽到了，問他是不是這樣的。他說教授說得太好了，他覺得如果有這麼好的含意，也不是他能想到的，算是碰巧碰到的才是。

「不對，不對，弗洛伊德說過，世上沒有碰巧的事。」教授說：「一切表面上看來碰巧或偶然的事，底下都是有跡可尋的。」

「也許有跡可尋，我其實也沒有本事去尋它。」老闆說這話時有點結巴，他笑笑的說：「這個故事有一點長，你們如有興趣，我可以說，沒興趣的話，就不必說了。」

我們當然表示願聞其詳，他便說：

「我一年多前認識一位可敬的老學者，他講了一個迷人的故事，故事有關航海，我當時剛從跑海的工作下來，當然特別有興趣。那個故事當然包括了冒險，不過跟我們從小熟知的《金銀島》之類的冒險奪寶情節不同，裡面的冒險是一種人性的冒險。故事一直提醒人去檢討人的本質是善的或是惡的，我們平時常說，善良會戰勝邪惡，但在故事產生的原始叢林裡，邪惡有時還是會戰勝了善良的，也就是說，叢林裡的善惡與文明社會裡的不同，因為在黑暗的角落，生存才是本質，道德不是。我知道那是哲學討論的問題，那個故事並不是討論它的，但我聽他講的這個故事，不由得想起這類的問題。假如人類本質中邪惡的成份比善良要大，或者至少是一樣大，那麼文明社會處處所見的善，豈不是刻意擴大或是偽裝出來的嗎？雖然嚴格說來我只是個粗人，我當時想到的確實是這樣的問題。」

他停了一下，說：

「我後來插嘴問那位老學者，那個故事是從哪兒來的，我覺得那個故事所以迷人，不僅描述的是人在叢林裡的冒險，也是描寫人在人類道德中的冒險。老學者說是一個英國的作家名叫康拉德寫的……」

他還沒說完，我的朋友馬上插話說：

「故事的名字叫《黑暗之心》，不是嗎？」

老闆點點頭，對他敬佩起來。我問說就是因為這個故事，便把咖啡店取名黑暗嗎？他點點頭說：

「這個故事很打動我，儘管我沒有讀過康拉德的書，據說康拉德的小說都是寫有關海洋的，我做過海員，老學者說也許是這一點投緣。正好一個朋友把這個店面『盤』了給我，我打算開一家咖啡店。我覺得一個咖啡店叫黑暗之心很好，至少我曾著迷於康拉德的那個故事。但叫黑暗之心咖啡廳，稍微長了點，有人不明就裡，又會寫成黑暗之星，因為他們說提起黑暗，讓人很直接的想到星光，我後來想，就乾脆叫它『黑暗』好了。有人說這名字不好，有點不吉，表面上看是有些，但就算取個大吉大利大紅大紫的名字有什麼用處呢，哪個伏法的歹徒，不是都有個吉利的名字呢？就不管了。」

「你知道最近要在戲院上演由柯波拉導演、由馬龍白蘭度演出的好萊塢電影《現代啟示錄》嗎？就是由康拉德的《黑暗之心》改編成的呀。」我的朋友問老闆，老闆搖搖頭，他繼續說：

「電影裡的馬龍白蘭度飾演一個叛逃的美軍上校，在越南湄公河上游的原始雨林裡建立了一個以恐怖統治的王國，他殺人無數，而當地土著對他卻像神明一樣的崇拜。美國對他百般招撫，他完全不理，後來下了格殺令，命令軍隊沿著河，摸進上校的陣地。上校所在的地方正在進行一種神祕又殘酷的宗教儀式，一個提著大刀的壯漢，聽上校的命令把一條水牛從頸部一刀砍了下來，大雨下著，天氣熱得讓人受不了。水牛的頭掉下來後，牛的身體還站立著，過了好些時候，彷彿知道自己已死，才四腿一軟倒了下來。整個雨林是個被咒語充填、被迷信的煙霧瀰漫的地方，潮濕與炎熱把大家都逼瘋了，雨林裡面沒有一點點理性，那裡生命的規則便是殘酷與荒謬。」

「電影好像還沒上演呢，但新生與國賓已經在打預告片了。」我說。

「快了，就會上演了。」教授說他在雜誌上已經看過故事的大綱，等上演一定轟動的，他說：「如果把咖啡廳的全名寫上，我們在報紙的專刊上介紹《現代啟示錄》，說這部片子就從康拉德的《黑暗之心》改編的，然後注明發稿是在『黑暗之心咖啡館』，保管咖啡廳就有數不清的客人了。到時老闆就要謝我們兩個，哈哈。」

「謝謝你費心，但我倒不喜歡有太多的顧客。人一多，就很難專心下來，包括聽音樂、思考等的。」老闆說：「不過我想知道電影的結局到底是什麼。」

「好像是負責突擊的美軍達成任務之後，從雨林又回到外面的世界。外面的世界也是槍林彈雨又迷離荒謬的，美軍的轟炸機與武裝直昇機不斷朝下面的越共轟炸掃射，一個美軍將領是華格納迷，要求屬下的直昇機在進行掃射的時候，用擴音器放華格納刀槍齊鳴的音樂，機槍的子彈聲，直昇機葉片的風切聲，再加上喧鬧無比的華格納音樂，叢林之外的世界與叢林內一式一樣，也是個徹底瘋狂的地方，同樣充滿著暴力與迷信，同樣是荒謬絕倫的。電影名叫『啟示錄』，可能啟示我們，文明與野蠻不是那麼好區別，從另個角度看，文明反而是野蠻的，而在一般認為的野蠻世界，也許還存有一點點文明。」教授停了一下，才說：「這就是含混，我們可能必須從徹底的含混之中，找出一點點的清明吧？這也許是我們的責任。」

想不到話說得這麼沉重，以致我們都不想繼續談下去了，我付完賬就與教授一同離去，正好咖啡廳有新客人進入，老闆便去招呼他，他朝我們笑了笑。這時候那對AR喇叭，正放著一段低音薩克斯風主奏的藍調音樂，音樂的空間感十分遼闊，像有風從遙遠的山谷吹來，讓人覺得人在這世上，孤獨是很自然的事。

林禮問先生

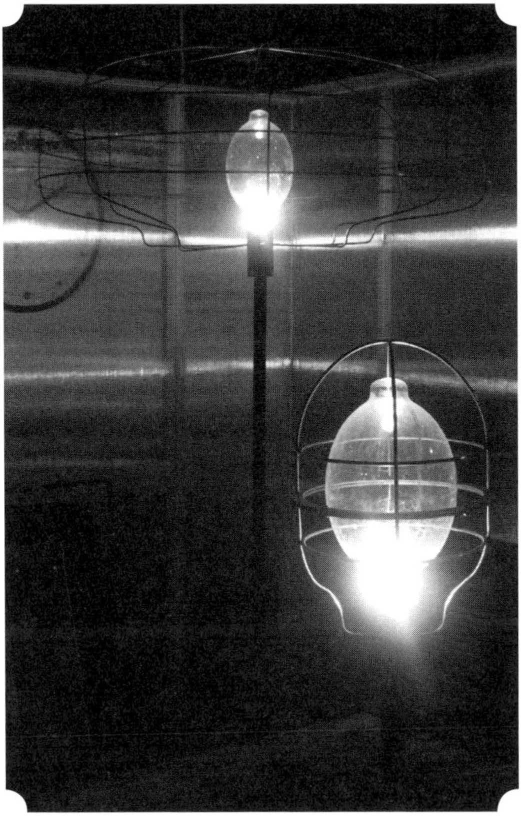

一

在那個名叫黑暗的咖啡廳，林禮問先生是我認識的第一個客人。

一天咖啡廳的老闆打電話給我，問我願不願意到他店裡一趟，因為他跟我提過的林先生到他店裡了。我問他是不是跟他講康拉德故事的人，他連聲說是，他說他以前常來，但後來不知什麼緣故，已經很長一段時候沒來了。我說報社有點事要處理，我要能去大約在一個小時之後，他說沒關係，因為林先生一來，常會待上很長一段的時間的，要我慢慢來就好。

一個小時之後，我趕到咖啡廳，裡面坐了一堆人。咖啡店老闆看到我來，就拉著我到一個穿著白色西裝外套的老先生前面，老先生起身跟我握手，身手很矯健，一點不像老人家的樣子，一個客人騰出一個位子，要我坐在老先生旁邊。老先生介紹讓我位子的跟他一樣姓林，是一家大企業的老闆，現在已經退休了。他另一邊是個比他們兩人都年輕的人，老先生稱呼他為魯教授，可能在哪一個大學任教，其他還有幾個人，有男有女，其中一個很年輕的女性，似乎有一點外國血統，好像是研究生或什麼的，現在都不太記得了。

林老先生像正式場合一般的掏了張名片給我，我向他抱歉，說我沒有名片，他笑著說沒有關係。他的名片上沒寫頭銜，也沒寫通訊處，只有一個電話號碼，名片中央印著「林本」，下面印著兩個小字「禮問」，才知道老先生有老一行的規矩，是有「名」又有「字」的，而他的名與字還藏有典故，我看出典故是從《論語》一句「林放問禮之本」來的。我恭敬的收下他名片時一個字一個字的稱呼他：「禮問先生，久仰。」他睜大眼睛看著我，他一定驚訝我這樣稱呼他，因為時下像我們一輩人，已經不會以字號來稱呼人了。

開始我靜靜的聽他們談話。老先生白西裝裡面穿一件粉紅條紋的襯衫，沒有打領帶，除了滿臉皺紋之外，倒像個紈絝子弟，他的頭髮就老人家說還算茂密，已經全白了，上嘴唇還留著像小刷子一樣的短鬚，也是銀白色的，面色紅潤，看得出來是一個很注意保養，也注意外型的人。他的話帶有一種中國南方的腔調，但一時分不出究竟出自哪裡，另一個不好分辨的原因，是他的話還帶著某些僑鄉的語音，好像與一個外國語言相混才有的現象，咖啡店老闆說康拉德故事是在他那兒聽來的，康拉德是英國作家，可能是老先生在英國住過很長的時間，以致使他的語言受到影響。

他在跟我打完招呼之後，便繼續他們剛才的話題，說的是他當年在英國的時候與哲學家羅素的關係。這一點我有興趣，我讀大學的時候碰巧讀過一些羅素的書，覺得他是個天才。「羅素聰明是聰明，但取巧的成份還是大過他的聰明。」他說：「這不是我說的，是跟他合寫《數學原論》的懷海德當年說的。但是所有聰明又爭著出名的人，都有一點取巧的成份，懷海德沒他取巧，所以沒他有名。懷海德才真算是個天才，羅素在數學與哲學的領域，比他還差上一截。這話也是羅素自己親口說的，他說過他在哲學上，不如喬治・桑塔亞那，數學上不如懷海德。」

「您也認識懷海德嗎？」坐在他左手邊的魯教授問。

「我一九四六年第二次到英國的時候，他還健在，但我無緣見到他，第二年他就過世了，好像享了高壽，死的時候八十六歲。我遺憾沒見過他，但我在英國見到的每一個人，都說懷海德是一個了不起的人，羅素當年是靠他的引薦才進劍橋的。他比羅素大十幾歲，成名比羅素要早，但在二〇年代之前，英國人跟美國人都只把他當成冷僻的數學家看，想不到他是個很好的哲學家。有次羅素跟我說，你想不到懷海德是數學家哲學家之外，還是個博通的歷史學家呢，沒有人能夠像他那樣博聞強記。羅素說有一次他到懷海德房間，發現他的床頭書竟然是一本枯燥無比的《議會潮流史》，不只如此，任何一個冷僻的歷史掌故，他都能如數家珍的把它們說得頭頭是道清清楚楚的，就連細節也不放過。二〇年代初，一次大戰剛結束不久，捷克與斯洛伐克共和國也才剛獨立沒幾年，他就說，因為波西米亞盛產銀礦，西邊卡羅維伐利地方還盛產硫磺，是做炸藥的材料，他預言說捷克不久一定會被德國併吞。事後證明，後來歐戰還沒開始，第一個被納粹入侵的就是捷克。懷海德說話總有點瑣碎，這是他掌握了很多資料的緣故，他的條理又藏在語言之下，不是很好找的，大家開始都不太喜歡聽他說話，但事後都證明他有先見之明，事情總是照他說的實現，你就不得不承認他是個天才了，他的本事不只在數學方面。」

「咖啡店老闆說，他為咖啡廳取的名字是來自康拉德的故事，是您告訴他的，您也認識康拉德嗎？」魯教授又問。這個問題我也有興趣，所以特別注意聽。

「我當然不認得康拉德，康拉德好像在一九二四年就死了。」林老先生說：

「我對康拉德的知識，起初也全是從羅素那兒得來。康拉德是個怪人，他是波蘭人，波蘭夾在俄國與德國中間，幾度要被這兩個國家瓜分，他討厭俄國人，也討厭德國人，後來選擇投奔英國，英國是島國，海洋是他夢寐以求的世界，這是他自己說的。他來英國時根本不懂英文，想不到十年後，竟成了一個了不起的英文作家。羅素認得他，兩個人都認對方是好友，好像一九二一年吧，羅素的第一個兒子出世，就是請康拉德做教父的，而且跟他取名叫約翰・康拉德・羅素，可見他對康拉德的推崇。」

「羅素是數學家與哲學家，怎麼跟文學家那麼要好？」座中一個人問。

「羅素很善於交遊，這是誰都知道的，你到過他鄉下的住家就會發現，天天都是高朋滿座的。說起文學家，他跟蕭伯納還有D. H.勞倫斯還有H. G.威爾斯也都熟。」

「您說是寫《查泰萊夫人的情人》的勞倫斯嗎？」一個人問。

「就是他。說起勞倫斯，他跟勞倫斯也是好朋友，不過兩人交往的時間很短，之後就鬧翻了，據羅素說，起因不是文學而是政治。勞倫斯早期也相信西方的民主制度，但當二〇年代末，德國的軍國主義抬頭，英國起來反德國的時候，他又反對起民主來了，羅素說，這純粹是因為勞倫斯的夫人是德國人的緣故。你別看他在小說裡寫的性，好像很隨便，其實他的婚姻生活是很保守的。後來勞倫斯的政治主張越來越法西斯，兩人彼此交惡，羅素曾公開揚言，說要是後來勞倫斯有機會當克里姆林宮的主人，他的凶殘，不見得比史達林輕，所幸勞倫斯在一九三〇年就死了，這證明天地雖然不仁，但在必要的地方，還是留了些餘地的。羅素承認，勞倫斯在文學上是個天才，而在政治上，他是個危險的冒進份子。」

我覺得羅素對勞倫斯的批評，確實刻薄了點，不過是否真的出自羅素之口，也不見得那麼可信，因為是經過林老的轉述呀。文學家再凶殘，也是軟弱的，勞倫斯怎能與史達林這魔頭相較呢？

魯教授說：「羅素在文學上是一直保持著熱情的，有人說他的哲學著作，可以當成文學作品看的。」他目的在補充林老先生的話，他又說：「別忘了，他自己就是一九五〇年的諾貝爾文學獎的得主呢。」

「不、不，其實他得諾貝爾文學獎與文學倒不見得有關。」林老說：「連諾貝爾獎委員會，後來也非正式承認，當年頒獎給他與邱吉爾是個錯誤，並保證以後不再犯了。不管把文學的範圍放大到多寬的地步，羅素的作品都不能算是文學，這是他自己也不得不承認，所以他得獎，嘴裡沒說，心裡不是沒有尷尬。後來沙特在一九六四年得諾貝爾獎時拒絕領獎，當時羅素還沒死，我想他聞訊可能有點羞愧吧，這是我的推測，我不能保證。所以我說羅素的成就，多少有點僥倖，也有一點取巧的成份。我曾一度跟他熟，但後來也慢慢疏遠了，一九六四沙特得獎那年我已不在英國。」

我聽他侃侃而談，說話有條有理，所有事都交代得清楚，與我所知的羅素，在資料上好像並無太大衝突，證明他確實跟羅素有過交誼。我以前讀過一篇羅素的文章，是寫他與康拉德的交情，裡面好像說康拉德跟羅素都同情又喜歡中國人。羅素來過中國，而康拉德沒有來過，有一次康拉德在曼谷旅館，被一個中國小偷偷個精光，但那個小偷在偷了他的錢之後，還把他的衣服收拾乾淨而且摺疊整齊，讓他隔日出門有穿有戴，據康拉德說，這是中國人的「盜亦有道」，羅素也深以為然。林禮問老先生當年與羅素交往，可能是因為羅素對中國人一直保持開放的心胸的緣故吧。

我們在咖啡店裡東南西北的聊著，主角是健談的林老先生，而好幾次的焦點又集中在羅素身上。我後來問咖啡店的老闆，林老是什麼出身的，為什麼他能跟羅素這樣的人平起平坐。老闆說詳情他也不甚了了，但林老在中國好像是世家子弟，家裡是個「大戶」，他大概在年輕時到英國留學過，他說他曾聽林老說，他當年到歐洲在各大學「遊學」的時候，身邊總帶著司機與廚子，可見闊綽。又說他們家當年還做海外生意，好像在英國也有資產，但二次大戰後中國的家敗落了不說，連海外也不保了，他第二次到英國，就是去「處理」那裡的產業。那時大戰剛結束，所有資產都縮水甚至「泡湯」了，隔了兩年，大陸淪入共產黨手中，他就是中國都回不去了，遭遇的悲慘可以想見。不過據咖啡店老闆說，富家子自有氣度，就是敗光了產業，也是十分瀟灑的，他仍然跟各方名士交往，一點都不顯寒磣，只是不知道錢是從哪裡來的。

後來我跟林禮問先生混得比較熟了，幾次他一到咖啡館，老闆都會打電話給我，要我一起去湊熱鬧。我終於知道林老先生的出身算是相當顯赫的。他是福建閩侯人，閩侯又叫侯官，就是現在的福州，在中國從宋代之後，那裡就是個出將入相的地方。遠的不說，晚清的嚴復、林紓以至民國曾經做過國民政府主席的林森都是侯官人。但有次林禮問先生不知道怎麼聊起他故鄉侯官，他說他們侯官人不是傻子，就是騙子，要我們千萬不要上當，以為那裡出什麼了不起的人。我說：「那都是名人啊！」他說：「什麼名人，所謂騙子是把人騙得團團轉，傻子是被人騙得團團轉，都是一個騙字在作祟。」

他後來告訴我們，他與文學家林紓還有革命先烈林覺民都有親戚關係，林紓是他祖父的堂哥，算來是他的叔祖，而林覺民則稍遠，但算上五代，就是親屬了。我問林森呢，他說廣義上也算是一家人，「不過算一家人又怎麼得的？我說過侯官人不是傻子就是騙子！我是一點都不以他們為榮的呀。」

我說我不懂，像他的叔祖林紓，算是傻子還是騙子呢？

「當然是個騙子啦！」他說：「他一個外文不識，卻裝模作樣，翻譯了兩百餘種的世界名著，人人都把他當成了不起的翻譯家看，不是騙子是什麼？」

「那林覺民呢？」

「他是個傻子。家裡有老婆不抱，還去搞革命，不是傻子嗎？人家搞革命躲在後面，革命成了，吃香喝辣，他卻把命給賠上，不僅如此，還在事先立志要把命給賠上，留下『意映卿卿如晤』的〈與妻訣別書〉，不是傻子是什麼？如果他不是傻子，世界就沒有傻子啦，哈哈。」

「林森呢？」

「比較複雜，但更傻不可言！你看看，他當年當國民政府主席，算是國家的元首，卻讓一個軍事委員會委員長騎在頭上，言聽計從的，根本是個傀儡，或者套句罵人的話，叫做人家的『孫子』。當他當國家主席時，世上所有人只知道中國有個委員長，沒有人知道有他一個主席，這他當主席要做什麼？不如在家裡做個名實相符的家長還實際些。有人說林森以退為進、明哲保身，是個大智若愚，照我看來，一個人聰明卻要裝出個笨相，分明也是個騙子。別的騙子欺世盜名，林森只不過反其道而行罷了。」

二

林禮問先生在咖啡廳無疑是位風雲人物，幾次他到咖啡廳，周圍都擠著不少人，大家都喜歡聽他說話。對我們而言，他的經歷不凡，他因與羅素有過交往，得以認得許多歐洲有名的人物，而那些人物，後來在世界不論是知識界或文化界都是常被提起的「巨星」。據林老先生說，那些知名之士，其實在光曄的外表之外，也跟我們一樣是個凡人，凡人的喜怒哀樂、七情六慾他們都有，有時候，他們醜態百出，甚至比一般人都還要難看得多。林老先生說話有一種特殊的魅力，他對我們崇拜的對象，常有一種破除「我執」的作用，聽了他的話，會讓你產生我原來這麼想，而事實上並不是這樣的一種體悟，世上的大部分事，都被假相所蔽，所以我們更須仰賴智慧。

林老先生還有一項特色，就是當他在敘述到與他有關的事情時，總是不忘對自己或與自己有關的人，極盡調侃諷刺的能事，譬如上次他說他們福州人不是傻子就是騙子，就是此例，這種豁然大度，是幽默的極高境界，要達到這境界，老實說很不容易。

有一次我又在咖啡廳遇到他，他穿著一件白底有黑色變形蟲花案的大領襯衫，領口的兩粒扣子沒扣，脖子下圍著一條暗紫又有點泛粉紅的絲巾，絲巾的底部塞進襯衫裡，一副想釣馬子的年輕人樣子，舉手投足娘娘腔得很，又像柏克萊加州大學附近常看到的同性戀的裝扮。說實話，我對他的服裝不敢苟同，我覺得在他這年紀的人而言，確實太花俏了些，這使得他說的話也許句句屬實，卻不免讓人覺得有些誇張或不正經的味道。

那天座上沒有女性，話題就在性問題上打轉，後來越說越激烈，「性」味盎然。咖啡廳老闆有次告訴我，說林老已是八十四、五歲的人了，還跟年輕人說那些董素不忌的話，證明他身上就藏有青春之泉。

我記得他那天說，原則上人的性生活，能維持到六十歲就算不錯了，上帝設計一個人，是為人只活四十歲而設計的，「你看，人到四十歲，就顯示出各方面的老化，譬如眼睛看就不太清楚了，要戴老花眼鏡了，太小的聲音，耳朵也聽不到了，牙齒也不行了，這要像我們老祖宗在叢林裡，就注定被淘汰了。性也是一樣的，人到四十之後，狀況百出，估其餘勇，也只是強弩之末。孔子說『五十而知天命』，真不愧是聖人，所謂天命，人力是不可違背的。」

一個在座有點發福的中年人笑著說：

「對不起林老，您這話，恕我不能贊成，我覺您這話有點不太公道。就以您最熟悉的羅素來說，他八十歲時還跟一個女人結婚，他一生結婚四次，鬧出的愛情故事，一次比一次轟動。我記得此老不只一次說過他尋求愛情，是因為愛情給他帶來狂喜，他還說他願意為了幾小時愛情的歡愉而犧牲生命中的其他一切。他的愛情狂喜與歡愉指的就是性而言，這證明羅素在八十之後還能享受完全的性生活。」

「是的，我也記得，」另一個比較年輕的客人也搶著說：「羅素九十歲那年生日，倫敦各界為他舉行宴會慶生，他被記者包圍，要他透露養生之道。羅素說他不戒菸也不戒酒，也從來不做生活作息之外的運動，他之得以安享高壽，應是具備了兩個條件，第一是好色，（說到這裡，大家縱笑了一陣。）第二個條件是在出生之前，要『嚴選』自己的父母，因為長壽的基因絕大多數是天生的……」

「你們根本還沒有聽我說完，就妄加評論，這不公平！」林老先生裝著有點生氣，說：

「我說有人能維持到六十歲就不錯了，不是說每個人到六十歲就不行，有的到七十八十，還全身充滿幹勁，有的不到五十，有人甚至不到四十就不行了嘛，這算什麼呢？這叫稟賦不同，其性自異。我說上帝設計人保用四十歲，不表示四十歲之後就不要活了，也不表示每人都活得到四十歲，世上不是也有很多人『夭折』嗎？你看死了給人訃聞，不到五十死了，只能寫『得年』，滿五十才可寫『享年』，對不起，要活足了六十歲之後，才能寫『享壽』，可見標準雖一，結果不盡相同。」

大家聽他講，便也啞口無言。他接著說：

「現在的人，在社會層層的保護之下，再加上好的醫療，幾乎都可以享受前所未有的高壽，把上帝設計的年限延長了，上帝設計人的時候，還沒有現代醫療的呀。不過，就算讓你超過，最後還是要反璞歸真的，因為人自有形，便有限制的嘛。」他停下喝了一口咖啡，望著剛才為他補充羅素的言行的那兩人神祕一笑又說：

「你們剛說的羅素的事，是真的，我也聽說過，他九十歲的時候，我早已不在英國。剛才一位朋友說他八十過後還能享受完全的性生活，我想請教你說的『完全』是怎麼一種完全法？我想你也不見得答得出來，是吧？不過說起羅素，在座恐怕沒有人比我熟悉的。我可以告訴你們一句你們從未聽過的消息，不只你們沒聽過，他所有的好友，以及後來幫他寫《羅素傳》的 Alan Wood 也都從未聽聞過，你們要聽嗎？」整座鴉雀無聲，他說：

「一九四六年我第二次到英國，那次我到英國後，就在那裡長住了將近十年，也許是第三年或者是第四年吧，如果是第四年，就是共產黨席捲大陸的那年。那兩年，羅素跟我往來得最勤。有一次他跟我感嘆歲月不饒人，他那時還沒得諾貝爾獎，但已是世界級的大紅人，演說、講學寫作的邀請不斷，他說他被那些細瑣的雜事壓得抬不起頭來，連你剛才引述他的話所謂性的歡愉，我告訴你，那話是真的，是他常掛在口上的，但那次他說，性的歡愉已跟他徹底道別，他已經一年以上沒有性生活了。我想他當時已有七十七、八歲，對一般人而言，那算很正常，不是嗎？但羅素說，就在一年以前，他那方面還是見獵心喜，而且可以劍及履及的，想不到一年之後，就成了個棄甲曳兵而走的殘卒了，言下感嘆連連，充滿不堪回首的暮氣。

「正好我那天莫名其妙的帶著那個瓶子，我問他願不願意試它一試。瓶裡裝著一些油汁，有一點像精油，裡面沒有酒精成份，不會揮發，是我從印度耆那教區得來的一種藥水。那年我到印度旅行，路上得了嚴重的感冒，幾乎搞得我死去活來，痛不欲生，一個隨行的印度朋友給了我一小瓶，只擦一點在額頭，感冒頓時就好了，而且接連幾天神清氣爽、精神百倍，我後來發現，這藥水在治療性倦怠方面也有神效，那位印度朋友告訴我，最好的辦法是要用手指沾一點油，抹在背部從頂上算起第七與第八節脊椎之間，效果妙不可言。我就告訴羅素，說對他的毛病可能有功效。他問有沒有副作用，我說這種東方藥水，都是純草藥製成，如果不吃進肚裡，應該沒有副作用，他答應帶回家試試。

「想不到我以後一個多星期都沒再見到他，隔了快半個月，我打電話給他，是他接的，他第一句話就大叫著說：『你還說沒有副作用！』我說怎麼了，他說副作用大到無法形容，他不但精神旺足，幾天不睡，而且又能見獵心喜劍及履及了，他說到此處在那邊呵呵大笑不止，他說有這麼強的副作用怎麼說沒有？我說這不是副作用，提神就是它的『作用』啊。我問他是怎麼用的，他說他每天照我的方式塗抹在脊椎骨上，我說誰要你每天塗啊，像他這樣反應靈敏的人，點一次，三四天就夠了，我後悔當時沒說清楚。

「說起來，你們可能不信，我把一個奄奄一息的哲學家救活了，靠的就是小小一瓶神油。第二年他又得到諾貝爾文學獎，這當然不見得是它的作用，但接下來他奮戰不懈，真的『劍及履及』，兩年後把他追了三年的美國小說家Edith Finch追到手，就不見得與它無關了，你們說是不是？我後來算了算他後半生的幾個主要成就，都是在我供應他那瓶印度神油之後才有的。他在得獎之後還與我見了幾次面，遠遠打了幾次暗號，有祕而不宣的意味。他結婚之後，也見過，只不過都是在人很多的場合，看出來他有點刻意迴避我，我也識趣不再去找他，所以我們後來就交淡了。」

大家聽了，一片訝然，原來上帝造人，雖設下了年限，而在大自然中，還是暗藏著破解的密碼，只要細心尋找，也可以突破局限的。

「林老，您說您只給了他一小瓶，那瓶用完了他怎麼辦呢？」一個在座的青年問。

「重點在啟示，他也許體會這妙方的神效，之後又在別處找到另一種更神奇的藥物，那不是我供應的，我就不知詳情了。不過我從羅素的臨床實驗，得知那瓶神油的價值。一滴藥劑，可以改變一個文學家對人生的看法，影響到他的創作，一滴神油，鼓舞起哲學家的意志，從而改變他對世界的態度，由消極變成積極，由無望變成有希望，你們知道羅素有本書，書名叫《世界的新希望》嗎？這證明共產黨推崇的唯物主義，有時也不是全沒道理的。」

大家仍不發一語，林老停了一下又說：

「你們一定關心那瓶神油的後續故事，羅素可能找到了更好的貨源，沒再由我供應，而我在把我的一瓶給了羅素之後，不是沒有了嗎？正好我還留著那位印度友人的地址，我寫信給他，說他的小瓶子幫助一個人得到了諾貝爾獎呢。結果你們說好笑不好笑，他把他手上所有的兩大箱，算算有將近七八十瓶，全用包裹郵寄給我了，他說在印度，那種東西並不算稀奇呀。」

三

林老博聞強識，言談風趣，而且身上藏有許多人所不知道的故事，我很高興認得了他。有一天報社主編副刊的黃鐘找我，黃鐘這名字看起來是男的，但卻是個女作家的筆名，她聽我說過林本老先生的事，便很想邀他寫稿。我說我從來沒看過他寫的東西，要他寫稿恐怕不可能，很多人說話頭頭是道，寫文章就沒辦法，而且他實在太老了，要他執筆，必定有困難。我建議可以訪問他，譬如他談羅素，就可以做一次特輯，一定精彩萬分的，以後還可以談他叔祖林紓。對了，我又想起，他曾說過大概在二〇年代末，魯迅在廈門大學任教，有一次到福州旅行還住過他家，他也許可以談魯迅的印象。那天我與黃鐘談得很愉快，黃鐘請我盡早安排，我說好。

想不到我正在準備連絡林老先生的時候，咖啡店老闆打電話來，說林老先生生病了，而且還病得不輕，至於是什麼病，他也不很清楚，他說是魯教授打電話告訴他的，好像已經住院一陣子了。林老先生目前住在北門附近的中興醫院，約我有空的話，跟他一起去探望。我那天把報社的事匆匆告一段落，就到咖啡廳找老闆，他已把代他顧店的人安排好，我們便走路到醫院，中興醫院距離他的咖啡廳並不算太遠，步行大約二十分鐘便到。

我在路上與咖啡店老闆談副刊主編打算訪問他的事，老闆說只得暫停，看看林老的病況才好再做決定，我說也是。我問老闆，老先生現在是獨居或是與家人同居，好像從來沒聽他談起過，現在生病了，家人照顧是很重要的。老闆說他也沒聽過，每次見到他，都是獨來獨往的一個人，如果八十多歲還要獨居，就很麻煩了，我說是，老先生的很多方面，是我們並不了解的。

快到醫院的時候，人行道有工程在施工，挖得亂七八糟，我們只能走到車道上，汽車機車又不讓人，搞得險象環生。工程機器聲音隆隆，塵土瀰漫。我記得中興醫院原本叫做鐵路醫院，就在北門鐵路總局的北側，這令我想起，老先生住到這兒來，莫非他與鐵路局有什麼關連。

醫院門廳十分零亂，空氣也不好。進到裡面找到病床，是個兩人合用的乙等病房，林老躺在外側那張床上。林老穿著醫院藍灰色的病服，面色灰敗，形容枯槁，白髮亂成一團，他原本留了個老式的克拉克蓋博式短鬚，現在短鬚周圍與下巴的鬍樁冒出，變成白茫一片，猛看有點不認得了。他斜靠在枕頭上，一手打著點滴，看到我們來，微微一笑，輕聲問我們怎麼知道他在這裡，咖啡店老闆說是魯教授告訴他的，我問他得了什麼病，他聽不見，我再問一次，他搖搖頭，說了幾句我們也聽不清楚的話。

我們在那兒待了一陣，沒見到醫生，也沒見護士。我們趁空到櫃台，找一個護士問老先生的病情，護士說老先生病得不輕，發現有胰臟癌的跡象，正式的檢驗報告要兩天後才下來。不過護士說，如真是這種病，她建議還是轉院到榮總或台大才好，因為他們醫院在這方面不是「權威」。我們問醫生在哪裡，她說主治醫師早上已經來過，晚上八、九點會再來，但也許不會來了。我們問要是病人有個萬一，不是沒有醫生嗎？她說主治醫師不在，但住院醫師是在的。

我們無奈的回到病房，老先生已睡著了。我看到病床前掛著他的名牌，上面寫姓名一欄著「林本一」，年齡一欄用阿拉伯數字寫著「73」，我覺得有些奇怪，要咖啡店老闆看，他也驚訝的說：「他每次都說他已是八十五歲了呀！」

我們正在狐疑的時候，魯教授到了。他看到林老睡了，便拉我們到病房門口，輕聲說，他見過醫生，說老先生的狀況很不好，已是末期了。我問是胰臟癌嗎，他點點頭，咖啡店老闆說不是還在化驗嗎，魯教授說，明後天下來的是正式「判決書」，但有經驗的醫師，驗血驗尿再藉著一點外科技術就知道了。我說剛才護士說最好轉院，魯教授說如果檢驗報告下來，就是要轉院，別的醫院不見得要收，醫生告訴他，這種癌症的治癒率不高，每家醫院見了它都搖頭的。

「林老在台灣是不是有家人？」咖啡店老闆問。

「好像有個遠房的姪兒，是我送林老來住院時問他才知道的。」魯教授說：「他的姪子有個電話號碼，看字頭不是在桃園就是在新竹，我打電話去，對方是答錄機，我留了話，但幾天了，都沒有回音。」

「怎麼是你送他來的？」我問。

「林老先生被他鄰居發現昏倒，後來醒了卻站不起來了，嘴巴還流著血，打算把他送醫院，臨時問他有沒親人要通知的，林老從他口袋摸出我的名片，鄰居就通知我了。」

「為什麼送來這家醫院呢？」

「我起先並不知道有這家的，當時我看他連站都站不住，而且嘴裡還有血，要急救，便送到離他家最近的這家醫院了。」

「他住在這附近？」

「他住在迪化街的一個小巷子裡，就從這前面的塔城街過去，不是很遠的。我以前也不知道，是他鄰居打電話給我才知道這地方。」我記得林老以前也給過我名片，上面只有電話沒有住址。

我們都擔心林老的病情，假如真如魯教授說的這病已屬不輕，那他的後事也不得不慎重考慮。我們商量，如果林老在台灣無親無故，我們便算是他最親密的人了，他在這麼危急的狀況下，我們義不容辭的要照顧他。其次，林老經歷不凡，一定有很多人認識他，只不過後來他也許覺得不得意，不願與人往來，我想他在學術界文化界應該還有些朋友，我們分途尋找，應該找到他早年的故舊。最後決定，學術界的由魯教授去負責找，而我可藉助於傳播方面的力量，也許可以「爬梳」出一些他的人脈來，讓他萬一真要走，也走得風光些。

魯教授答應動用他學界的關係，看能不能把林老轉院到台大或榮總，就算治療無望，但照顧總會好一點，其次如病情緊張時，我們幾人分班照顧之外，還可以要他班上的學生來「值班」。咖啡店老闆說，他離這兒很近，有空他也會來的。

結果檢驗報告下來，證實了醫師的判斷，醫師跟我們說，癌細胞已經轉移，包括胃與脾臟都有了。那天我們趕到醫院，醫生告訴我們說面對這個病有兩個方式，一個是治，一個是不治。我們問要治的話應如何治，醫生說，要動外科手術切除，但這牽涉太大，除了胰臟外，脾臟與胃的一部分都要切除，切除之後還要接受長時間的化療，之後會不會轉移也不能保證，因為那位置得癌十分麻煩，幾個重要器官都擠在一塊，我們問如果不治，能拖過去嗎？

「最快兩周內，最慢兩個月。」醫生苦笑說。

「如果轉院，是不是有較多的希望？」我問，醫生搖頭，說：

「我是台大來的，我知道我們這兒設備不如台大好，醫師不如台大多，但設備再好，對老先生而言，恐怕也不見得都用得到。」

這等於宣佈老先生的死刑，而且刑期近了。醫生走了後，我說如果動完手術，結果也是一樣，我覺得不要把老先生弄成支離破碎的比較好，這樣萬一走了，也走得瀟灑些、有尊嚴些。他們兩人也贊成，但我們到底不是他的親人，這事不能由我們來決定。魯教授說他與林老的姪兒連絡上了，他姪兒說自己一家與老先生已早無連繫，現在又忙，沒法子來管這遠房叔叔的事，這麼說來，林老先生在台灣可能再也無親人了。

就這樣一天天過著。有天我在報社，黃鐘跟我說，她有次見到董事會的一個姓褚的老董事，說是認識林本先生，要我有空，可以跟她一同去找他談談。正巧那天上午報社開董事會，那位董事下午還留在報社，我們便上樓到董事會辦公室找他。

褚董對我們很客氣，連說副刊與我的藝術周刊都編得好，他說：「你們編的東西，每篇我都是要看的。」我們向他道謝。我向他請示林本老先生的問題，我說聽黃鐘說褚董認識他。

「你在我面前說林本是老先生？」褚董問。我知道我可能犯錯了，忙說：「對不起，我們見面時都是林老來林老去的，叫成了習慣。我不知道他是否比您年紀要大，但從外表看起來，您比他年輕，而且年輕多了。」他聽了顯然沒有不高興，人都喜歡別人說自己年輕的，便說：

「這傢伙就是喜歡倚老賣老，到今天還是那個樣子。」他說：「你知道，我今年已經七十八了，他至少小我五六歲，但他成天老喜歡在年輕人面前說自己有多老，見識有多廣。我二十幾年前就認識他了，他在英國時正巧我也在。唉，人的習性，真是到死都不會改的。」

褚董似乎很了解他，他說林老的年齡與我在醫院看到的吻合，但他對他無疑存有成見，我說林老告訴我們他與羅素交往的情形，好像不會是假的。

「大體上不假，譬如在英國確有個叫羅素的人，這會假嗎？而羅素在英國的時候，林本也在英國，這也不假，他也許在報章雜誌上看多了羅素的消息，也許真的在某一個場合看見過羅素。我告訴你吧，他後來綜合一些聽來看來的材料，加上他也真的看到過羅素的，不管他看到的是正面還是背面，就老跟人扯羅素的事情。」

「他說的，都是羅素真發生過的事，我們之中有研究羅素的人，都說可信呀。」

「你們沒見過羅素，說的羅素也一樣可信呀！他既然與羅素混得那麼熟，我問一句，你們之中不是有研究這方面的專家嗎？請他看看羅素在他的自傳或其他的文章之中，有沒有任何一個地方談起一個名叫林本的中國人呢？或者羅素的朋友，都是文學家哲學家的，他們在著作之中，有沒有曾經提到過他呢？」

我說記不得提起過。他便說：

「那不就清楚了嘛！你看他說話，好像天天黏在羅素身旁，羅素怎麼連他提都不提呢？」褚董的話讓我無言以對。他停了一會兒又問我：「他有沒有跟你們談起什麼印度神油的事？」我說談過，他又問有沒有向我們推銷過？我說只聽他半開玩笑半真的談及過，但從來沒有跟我們推銷，這點我是可以保證的。褚董笑著說：

「也許剛開始沒有，久了就會了。這個林本，你知道他後來靠什麼為生？他那裡有賣不完的神油，又說是什麼青春之泉，專門賣給上了年紀或有痼疾的人，索價不菲，天曉得就是有那麼多人相信。」黃鐘一定怕我覺得丟臉，便藉故說有事先走了。褚董最後說：

「不過是喜歡胡扯罷了，也許是寂寞的緣故。還好你們沒買他的東西，不過即使買了，就算做了一件善事，你知道這幾十年來，他真的混得很不好，他假裝自己很老但很有活力，其實沒有那麼好。老早之前，他不是那樣的，他還真是出身名門的啊！」

我一直沒把褚董那兒的話告訴咖啡店老闆，也沒告訴魯教授。我們每天照計畫到醫院探望林老，在他面前嘻嘻哈哈的說些不太正經的事，試圖逗他一笑，他起初還笑得起來，後來病況沉重，有時須注射嗎啡止痛，便不太能笑了。彌留時，魯教授找來他喜歡的那件雪白的西裝外套，我們幫他換上，咖啡店老闆幫他把頭髮梳得油亮，用電動刮鬍刀幫他把下巴的鬍子剃掉，再用小剪刀小心修剪他上嘴唇的鬍子，弄得真像騷鬍子克拉克蓋博一樣，收拾好了連護士都說好帥呀。林老好像有意的保持著高雅的微笑姿態，其實我們都知道那時他已經沒有什麼知覺了。那一刻，我們相互欺騙自己，設法假裝又回到了以前的快樂日子。

林老出殯時，竟然看到教育部長與僑務委員會委員長送來的輓幛，一個寫著「大雅云亡」，一個寫著「高風長仰」，幾個大學還有旅英同學會都送來了花圈輓聯，可見林老跟我們敘述過的事，不見得是假的。會場來的人並不少，有的我認識，大部分我不認識，狀況有點出乎我的預料。

行禮如儀過後，來客散去，一切都結束了。火葬場就在殯儀館的邊上，火化的速度很快，魯教授不知從哪裡買了一個西式的裝骨灰的容器，是瓷做的，外表燙印著金花，樣子有點像沒有把手的冠軍獎盃。咖啡店老闆說先把骨灰罐放在他咖啡廳，讓我們有空再去陪他幾天，然後再安放到金山的靈骨塔去。我們一夥人後來都到了咖啡廳。老闆把那個獎盃罐放在架上幾個盛咖啡豆的容器之間，好像它本來就該在那兒一樣，他燒了一大壺曼特寧給我們喝。疲憊下的寧靜，緊繃後的鬆弛，大家在黑暗的空間坐下，沒有人說得出話來。老闆用他AR的大喇叭，放一首我們都熟悉的樂曲，是大提琴演出的有點南美風味的舞蹈音樂，跳躍的弓法後面有細碎的鼓聲，讓人想到幽暗又深遠的雨林，音響綿密，空間厚實，裡面藏有無限的故事。有人開始抽菸，不久之後，空氣中瀰漫著甜甜的菸味。這時我們覺得林老，好像並沒有真正的離開。

初戀情人

我應邀參加一個電子公司慶祝周年的宴會，宴會在市郊的一家五星級休閒旅館大廳舉行，參加的人很多，由於在中午，是採自助餐的形式，座位並沒有一定，有些地方，有點像自由的雞尾酒會一樣，客人可以捧著食物飲料到處走動。八〇年代中起，台灣的電子業發展蓬勃，造成了不少的「電子新貴」，像這樣的周年慶或年終，總會舉行盛大宴會慶功，廣招社會名流，與他們「分享」企業成長的歡愉。我在會上見到不少新聞界的熟面孔，也有一些商場上見過面的人，但更多是我不認識的人，都穿著正式，衣冠楚楚。

一位負責接待我們新聞業的公關，穿梭在我們之間，常為我們介紹我們不認識的客人。負責我們的公關走到我面前，說有位女士想見我，我問是誰，她說是歐陽夫人，其他也說不清楚。我把吃剩的食物飲料放到會場旁邊的長桌上，整理了一下衣服，便隨她走到一位女士旁邊。那位女士，坐在一個靠窗的沙發上，大約已有四十幾歲快五十了，穿著一套黑色下襬帶著亮片的禮服，有點鬆弛的臉上畫著濃妝，眼周塗著豔藍的眼影，戴著人工睫毛，看到人就誇張的眨著雙眼，像在幹勾引漢子的勾當，一副風塵味。她看到我走近，便笑著站起來，公關介紹說我是誰，我也禮貌的一聲「夫人好！」

公關走了，她放聲的說：「什麼夫人好夫人不好的，你不認得我啦？」我仔細看了看她，眼神確實有點熟，應該見過，但忘了是在什麼時間什麼場合見過她。她看我發呆，笑著說：「你不是小狗嗎？還有人這樣叫你嗎？」那是我童年時候的渾名，早已沒人這麼叫我，我突然想起童年，試著與這個眼神做某種程度的連接，但我還是記不起來，她又說：「還有小馬呢？他還好嗎？」啊，我想起來了，驚訝的問：

「你是莉莉？是莉莉姐姐？」

她點點頭，我全記起來了。有次莉莉跟我和小馬、自強、螞蝗一同到利澤簡海邊撿石頭撿貝殼，我們還在讀小學六年級，莉莉大我們一歲，已在縣立中學讀初中。那天小馬玩瘋了，在沙灘上翻跟斗，不小心把頭跌破了，莉莉幫他止血，要他仰躺著，把頭放在她的懷裡。小馬以後每次說起那事，都感動得不得了，有次一把鼻涕一把眼淚的跟我說，莉莉是他的初戀情人，他發誓長大一定要娶莉莉為妻。

「小馬後來讀軍校，現在還在軍中。」我說：「也好長一段時間沒見到了。」

「他當兵的事我知道。」她說：「他讀軍校的時候還跟我通過信。」

「現在住在南部，偶爾會到台北來。起初還會打個電話，約在哪裡見個面，後來越走越遠，就沒什麼連絡了。」

她說她知道，小時候的玩伴都是一個樣子的，她說：

「不是有哪個詩人寫過這樣兩句說：『泥上偶然留指爪，鴻飛那復計東西』嗎？人生的遭遇都那個樣子，是不可能永遠聚在一起的。」想不到她記得那麼深奧的詩。她停了一下又說：

「你現在是作家了，很了不起啊，你如果愁沒有材料可寫，可以寫我的故事呀，保險一個接一個，永遠讓你寫不完的。」

「我在報上編周刊，我只是業餘寫點東西，不能算是作家。何況我不是寫小說的。」

「你寫什麼？」

「我寫一點散文。」

「什麼是散文？」

「就是小說或詩之外的東西。」

「像報上刊登的名人專訪，算是散文吧？」

「散文包括那些，不過不只是名人專訪，散文還有其他的含意。」

「名人專訪裡面就有故事，你可以寫我的故事的。」我說我也許沒有才幹把精彩的故事寫好，等於是糟蹋了。她知道我在推辭，忙著說：

「不要跟我來這一套吧，小狗。你沒有事吧？我們到另一個房間聊聊，那裡比較方便說話。不要擔心，我不會吃掉你的呀！」

她帶我走到隔壁的小房間，整個房間貼著綠色的壁紙，桌上花瓶插著白色與粉紅的鮮花，房間窗子是開著的，有風從外面吹進來，空氣比較清新，像在花園一樣。我們坐定後，一個侍者來問「夫人」要什麼飲料，她看著我說來杯咖啡怎麼樣，我說好，侍者不久送來兩杯咖啡，她喝了一口，緩緩的說：

「你知道嗎？幾乎沒有幾個人的少年時代，比我還不幸。我在讀初三的那年，我的父親死了，我的父親跟小馬與自強的父親都一樣，都是被叫成『老芋頭』的外省人吧，好像只你跟螞蝗不是，對吧？他們可能比我好，他們的母親好像也是外省人，彼此都還能夠溝通。我的父親到台灣時已很老了，害怕死了沒人送終，或者是為了解決偶爾還有的性的問題，就託人介紹我母親跟他成親。我母親曾經在鄉下茶室混過，幾乎就是個妓女，混得很不好，也是有一天沒一天的過。後來得了病，就沒法再做下去，她沒有錢，要治那種病是要花大錢的，介紹人要我父親出錢，說要是治好了，就可以跟我父親結婚。我父親看我母親長得還算體面，二話不說，把大陸帶來的一點錢拿了出來。你一定問一個兵會帶什麼錢來嗎？是這樣的，我父親從大陸來的時候，在他的綁腿中藏著兩塊從家裡帶出來的小金條，到台灣這兩塊金子還很值點錢呢，母親的病治好，就不得不依承諾跟我父親結婚。結婚了後，母親連生了姐姐跟我兩個女孩，依我父親送終的標準來說有點不合，照老規矩，送終得是男孩，但也沒辦法。

「我的父親在生下我之後不久，就照政府新發佈的退伍條例辦理退伍了，他一個士官，當時退休俸一次拿，不像後來可以按月領的。一次拿數目好像不少，不會經營，不久也就花完了，還好政府有輔導退伍老兵就業的辦法，要我父親在一所國民學校做工友，每月的錢跟他當兵的沒差多少。但他一口濃重的家鄉話，我父親是山東荷澤人，話說急了，沒有幾個人懂，學校裡的人，從上到下都嫌他，他做了幾個月，發了脾氣，就沒在那兒幹下去。他懷念他當兵的五十六師，老是跟我們說他在五十六師的時候是怎麼樣的好，其實說來說去也就是那幾句，搞到我們把他要講的話都背得出來了，母親老是潑他冷水，用台灣話說要是真好還退伍幹嘛？父親說整個師當年都是從山東撤退過來的，大家說的都是山東話，後來到了鄉下的學校，像是到了外國一樣。

「我的父親從學校下來，就再也沒有工作了，政府算是盡了輔導就業的責任，誰要你自己幹不下去呢？幾個錢當然坐吃山空，還好姐姐與我都慢慢長大。我的母親有點被窮給逼瘋了，看我姐姐長得越來越漂亮，就動起歪腦筋。有一次，我好像還是國校五年級，姐姐六年級，我們只相差一歲，我們放學回家，看到家裡來了兩個男人，母親要我們叫他們舅舅，我們家根本沒有舅舅，她在騙我們。那兩個男人，眼睛一直盯著我姐姐看，有時也看我，我覺得渾身不舒服，我很不喜歡人家這麼看我。姐姐跟我使眼色，要我跟她出去，在外面，姐姐說那兩個是壞人，要我提防。

「我們到房子後面搭的違建廚房找父親，父親老是躲在應該是女人待的廚房裡，他喜歡一個人在裡面做饅頭、烙餅，做他們山東人吃的麵食。我們跟他說有壞人來了，他笑著說，『哪有什麼壞銀呀』，山東人老是把人念成銀，他說『他們是你們的老舅』，姐姐說我們根本沒有老舅，父親不理我們，說以前沒來過，今天來了，我們得請他們吃飯。姐姐有心眼，要我還到屋前面去，要他們看得見我，她從後面溜進房裡，躲起來聽客廳母親與壞人談話。姐姐後來告訴我，母親跟壞人原來談得好好的，但後來談到訂金的事就鬧僵了，母親說哪怕再少，訂金也要給的，壞人不肯，說看看至少要兩年以後才可以來帶人，沒有這麼早就給的道理，後來壞人就走了。姐姐說母親有意把我們賣掉，先是她後是我，那時我學廣播劇裡聽來的口氣，誇張的問：『她怎麼會那麼狠心呢？甚至對她的女兒？』姐姐說這是母親的習性吧。父親把蒸好的饅頭、烙好的餅與韭菜合子端到前面客廳來，一看人不見了，說『銀呢？』母親沒好氣用學來的山東話說：『銀什麼銀，銀（子）早跑了！』姐姐看著我笑，這是我第一次體會一語雙關的效果。

「姐姐後來讀了一年初中就離家出走了，先是跑到台北，投靠她一個初中老師在台北的家，在他們家做下女。姐姐寫信給我，下面沒寫地址，說一個懂命相的人說她在少女時代會有『劫難』，過了這段時候，以後就一帆風順了。後來她在她老師的家，半工半讀把初中念完，又到一個雜誌社做工友，也在夜間部把高職念完。她在高職念的是會統科，一出來就找到很高尚的工作，在一家新公司當會計員，後來那家公司因業務需要搬到高雄去了，姐姐也隨著到高雄，從此就住在南部。她的辦公室，成天都開著冷氣，她穿著淺藍的套裝制服，胸前別著名牌，有一點像空中小姐，漂亮極了，這是後話。你是不是還在聽啊？小狗。」她發現我有點恍神，按了按我的手說：

「你是不是不喜歡我叫你小狗？」

「你習慣就好，已經很久沒聽人這麼叫了。」

「好，你不在乎就好。剛才說到我姐姐離家出走，跟廣播劇的情節也有點相似呢。姐姐走了後，父母親都急了一陣子，過了很久我告訴他們姐姐在台北的消息，說她很平安，他們才略放心，但母親從此就埋怨不斷。壞人又來了幾次，把注意都放在我身上了，我父親終於發現不對，他失掉姐姐之後，就盡全力的保護起我來。有一次壞人來過之後，他狠狠的把母親揍了一頓，又拿榔頭作勢要敲碎她的腦袋骨，說她把主意動到自己骨肉身上，真不是『銀』。母親有一種習性，就是吃硬不吃軟，你要是好欺負，她一定騎到你頭上，你要是來硬的，她就變了，一開始是哭，你再使硬，她就會乖乖的了，這是姐姐告訴我的。我把初中快要讀完，不巧父親生病死了，我知道父親一死，母親就會故態復萌，所以沒等到那一天，我也偷偷的跑到台北來了。姐姐那時在雜誌社工作，我知道她的地址。

「姐姐看我來，十分高興，她請雜誌社老闆，看看能不能也安插我一個工作，雜誌社不大，當然不可能，不過姐姐說沒關係，只要我安全就是父親在天之靈保祐。她要我暫時待著，等到寒假過了學校開學，她帶我到一家補校，要我到那裡把我荒廢了的初中讀完，我花了半年把初中學歷拿到了。姐姐又安排我考高職，說一定要跟她一樣讀會統科，當時台灣工商業起飛，需要大量會計人才，畢業後不愁沒有工作。我在她誘導與逼迫之下，也考上了她就讀學校的會統科。當時我姐姐讀會統科三年級，我讀一年級，由於我們長的很像，進出都在一起，學校就給我們『會統雙花』的稱號。

「我讀會統科的時候，老實說不太用功。我老是想我以後要做什麼，也想起我與姐姐都小的時候，我們家的窮困狀況，假如我們真的被命運操縱，被那兩個壞人帶走，現在我們會是什麼樣子？我的身體上，有一半是母親的遺傳，何況我又是女的，我豈不是有很大的機會繼承我母親的『家業』，做個妓女嗎？我知道母親做妓女並不見得是她的選擇，而是命運選擇了她，她無能為力來拒絕，但她屈從這個對她不是很公平的命運，表示她性格上是卑弱的。這卑弱的個性也許也遺傳給了我，我一直想著，假如當年我被送進了火坑，我會抵死不從嗎？

「我讀高職二年級的時候，姐姐已畢業，她在高雄有了好工作，台北只好留下我一個人住。我打算學姐姐半工半讀，姐姐要我好好讀書，不要找工作，房租與生活費她會寄來，她說如果我覺得欠她，等以後我『發達』了，可以還她呀，我只得聽她的。因為姐姐不在，我的生活陷於混亂之中，我不太會處理我的生活，老實說，我平常依賴人慣了。除此之外，我也不會處理自己的感情，譬如我覺得孤獨，姐姐曾說可以藉著閱讀或欣賞藝術來謀求平衡，我似乎沒有那種能力，不像姐姐那麼會安頓自己。我老是煩躁不安，當我覺得孤單時我幾乎沒法做事，也沒法讀書，我從姐姐走了後，成績就一落千丈，屋子被我搞得一塌糊塗，我也不去管它，因為沒人管我。

「我三年級的時候，發現隔壁班的一個英文老師在注意我。他才從最好的大學外文系畢業沒兩年，長得很高，外表很英挺。我們學校雖不標榜是女校，但女生還是多數，尤其我們會統科，幾乎全是女生，這位英挺的英文老師，自然獲得所有女生的青睞，成為很多人心裡的白馬王子。我起初並沒有特別注意他，有一天放學了，他在我後面叫我的名字，問他手上的那本吳炳鐘編的袖珍英文字典是不是我的，我一看就是我前幾天不見了的，我說是的，但奇怪字典怎麼落在他手上，而且他怎麼會知道我的名字。我問他，他說是他在走廊撿到的，至於我的名字，他說他已注意我很長一段時間了。

「想不到自此之後我與他的感情進展神速。到三年級的那個寒假，我覺得我們已是天造地設的一對情人了，我們常常利用放假到外面玩，有時玩晚了趕不及回家。我們越來越覺得少不了對方，這事當然慢慢的傳聞開來，我與他幾乎受到全校女生的排斥，據他說學校也警告他，要他懸崖勒馬，否則下學年不再續聘。我們被周圍敵視與孤立的氣氛逼急了，就靠得更攏。五月底剛考完畢業考，我們便不顧一切趕到法院公證結婚，他也放棄了教職，他說他已考取了托福，也申請到美國東岸的一所名校，暑假過了就帶我去美國。我被未來的美麗想像沖昏了頭，這很正常，每個人換成我都會一樣，不是嗎？」她說到此停了一下，看著我說：

「你都聽累了吧？看你無精打采的樣子。」

「不會呀，我都在聽呀。」我為了表示禮貌，故意問她：「你姐姐後來怎麼表示？」

「她當然大不贊同，但你知道，這事不贊同又能怎麼的，已經發展成這樣了呀。」她說：「後來姐姐還是祝福我，她說我以後到了美國，更要會好好照料自己。有一天她把她一直帶在身上的平安符給我，說是她當年離家時在廟裡求的，紅袋子都有點被她的汗染髒了，但她說那個符很有效，總是讓她逢凶化吉。她說如果我不願把它掛在脖子上，睡覺時放在自己的枕頭下也是一樣的。我告訴你，你在聽嗎？我在母親那裡沒得過多少母愛，姐姐只大我一歲，那一天她倒像我的母親一樣，她當著我面說：『是好是壞，都得自己承受，知道嗎？』我聽到那句話，就抱著她大哭，十幾年來的委屈好像一下子全爆出來了。姐姐也在哭，只是她沒有出聲。」

說到此處，她有點激動，眼睛似乎泛著水光。我看她的咖啡杯空了，問她要不要飲料，她點點頭，說來杯水好了。我去幫她倒水。回來她笑著說：「把你嚇著了，不是嗎？」

「你那麼早就找到了幸福，真值得慶賀。」

「其實什麼是幸福，我到現在還沒搞懂。他沒有錢，沒儲蓄些什麼，他又要出國，我們十分拮据，更糟的是我幾乎立刻就懷孕了。我懷胎不是很安穩，他美國大學寄來通知，要他秋天必須報到，他問我，我只有讓他先去，要他把大部分錢帶去，他教了兩年書了，其實也沒什麼錢，我們預計，我把孩子生下後，再到美國去。他的家人也這麼主張，結果我們結婚才不到半年就分開了，你說這樣算幸福嗎？」

「滿懷著希望呀。」

「問題是我從未懷有過希望。我是一個軟弱的人，也許跟我母親一樣，我沒有什麼意志。我後來仔細想，我對我第一次愛情，其實也沒有那麼全力的投入。一個男人說他愛上我，我不明白他愛我的理由，只是發現人生在這個時刻可能會展現了一些生命的奇景，大概每個人都一樣吧。他並不討厭，再加上他的出身與長相也還可以，就糊里糊塗的落入愛情的漩渦。在裡面，我想情慾的成份可能要高過了情愛的，不過當時誰也不覺得有什麼不對，老實說，我也區別不出兩者有什麼不同。」

「後來呢？」

「後來並不好。我丈夫到美國了，起初信通得很密，有時還會打電話回來，那時的電話費太高，所以不常打，我忙於產檢安胎，也沒空跟他寫長信。我在他母親的陪同之下，到醫院生孩子，是女兒，他母親在電話中告訴了他，他說了什麼，我在醫院沒聽到。我坐月子的時候，他問我他要不要回來，我說不要，要他好好準備我們以後到美國的生活，他說這樣也對。他為女兒取了個很洋化的名字，叫妮娜，我不很喜歡，但是他要的，也只好由他。

「我到美國之前，試著應徵一家出口成衣廠的國內門市做會計，想不到一次面試就被錄取。那個門市開得正是時候，我起初只幫他們管賬，有一次老闆要我到前面幫忙，結果我一個下午做的生意，比他們做了一天半的還多，老闆就對我另眼相看了。後來我建議他衣服陳列區不要堆貨，只疊上幾件折好的衣服，再進幾個好看的塑膠模特兒，穿上我們店裡最好的衣服，站在醒目的位置，還要注意打光，店裡要放些輕音樂，說也奇怪，那些廉價品往往一排上去，不到一下子就被人搶購一空了。那時台灣還沒有香港來的Giordano，也沒有美國來的Hang Ten，更沒有Net與Gap這種品牌，我們那家店算是一枝獨秀。老闆看生意這麼好，打算要開分店，他說我有經營的奇才，打算把其中的一個店交給我來經營，但我出國的手續辦好了，我跟老闆說我不得不去美國。我走的時候老闆和公司同仁都依依不捨，希望我早點回來，也許可以再做同事。

「我帶妮娜到了美國，妮娜已經十個月大了，孩子的爸駕著借來的汽車來接我們。他為我們租的房子在地下室，房間最高的地方有幾個小窗，但光線與空氣都不好，白天都要開燈，尤其天氣比台灣冷得多，妮娜來了沒幾天就病了。我們帶她去看醫生，他找的是一個廣東人開的小診所，醫生很老了，說的廣東話我一句也不懂，打了一針還帶回些水藥，說要調在奶裡吃的，一看診療費，折合台幣兩千多，已超過當時一個售貨員的一月薪資了，我大覺不妙。過了幾天，他告訴我他原來讀的研究所不是他的興趣，他已經轉所了，所以必須耽誤一年。他帶我們母女去參加過幾次台灣同學會的聚會，每個人看起來都無精打采的，言談無味，都是在無聊的打哈哈，吃的東西也乏善可陳，我當時想，這就是亮麗無比的美國生活嗎？

「他也許迫於生活，意志蕭索，對我與妮娜，缺乏我想像中的熱情，我們幾次纏在一起，妮娜一哭就中斷，後來就不想做了。妮娜又特別喜歡哭，有時惹得一樓的房客敲地板。這樣我們在美國待了三個多月，妮娜隔幾天必須要去看那廣東醫生一次，我帶去的錢快要被藥費用光了，有一天我對他說，還是讓我們母女回台灣好了，他看情勢如此，也只得說好。我打電話給成衣廠老闆，他在電話那端高興得大叫，要我快點回來，他就是幫我買商務艙的機票也願意。

「我在美國不到四個月，就回來了，以後便沒有再去過。」她說。

「你先生呢？」

「他後來在美國發展，很少回來。」

「你們——？」

「我們在美國見面，就感覺彼此的差異太大了。我那時覺得我還年輕，不能跟他死氣沉沉的過一輩子。在美國的他，我真是越看越不順眼，也許他是裝給我看，故意把生活過的那麼慘絕人寰的樣子，這一點，我早就心知肚明，就像當年他撿到我的字典，應該也是個騙局，不過有些騙局無須拆穿。其實他後來混得不錯，碩士拿到後就找到高薪的工作，跟我分手不久就與一個同樣是台灣去的女孩結婚了。」

「怎會這樣？」我問：「孩子呢？」

「妮娜歸我管。他也沒爭過，也許沒看她出生，根本沒有感情。」

「已經很大了吧？」

「你說妮娜？當然，已二十好幾了。她長得真漂亮，真的，比我、比我姐姐都漂亮。不過她從小孩變成少女開始，就一直跟我不對盤。不對盤你懂吧？就是你想東她就想西，你要的恰好是她討厭的，而她要的，你就是想盡辦法也不能委屈自己接受的那種，怎麼那麼不巧呢，幾乎樣樣都是相反的呢。她亂花錢，開始我給的全花完不算，長大還偷我的印章到我銀行領錢，我發現了，說你吸毒嗎，怎麼能花這麼多的錢呀，心想就是偷漢子，也不該用這麼多。有一次她聽一個懂命相的人說，要她做善事才能消災解厄，我在她袋子裡搜到一張什麼道場給的收據，你猜猜多少？是五萬塊呢，我問錢從哪兒來的，這點她倒誠實，說是在我郵局賬戶提的。我說你小小年紀，有什麼須要解的災厄？她說不上來，我不是心疼錢，這話也有點不對，我哪裡會不心疼錢？都是辛苦賺來的不是嗎？我更擔心的是她不正常。她從小就不像一般的女孩，喜歡膩著父母，細細的說些心裡頭的話的，她什麼都是獨來獨往，有事也從來不跟我講。她讀完國中，就說要搬出去與朋友同住，然後半工半讀的讀高中讀大學的，倒是還沒那麼絕，她還跟我往來。讀高中時要跟我拿學費，生活費她會自理，讀大學後，連學費都不要我的了。不過我疼她，還是會塞錢給她，終究是我的孩子，怎會不疼呢？」

停了一會兒，她又說：

「你會不會覺得所有的事都是命中注定好了的？我有時會怨嘆自己，也會責怪她，說她怎麼會這麼不懂事。但想到姐姐與我，豈不跟她沒什麼兩樣嗎？我們跟我們的母親沒什麼感情，我們從小就很少與母親談話，沒想到我女兒也這樣對我，這使得，我對我的母親也同情起來。」她說到這兒，停了下來。

「伯母現在還好嗎？」我問，我覺得這問話很怪，我以前好像從沒叫她母親為伯母過。

「還住在鄉下，六十幾了，身體還好。我跟姐姐有時也會拿錢給她，給她就收，不給她也從來不開口。我們離家後，她就獨居，你要問她有沒有另外的感情生活？好像沒有，我們沒問，她也沒告訴過我們。我們跟她不會撒嬌，她也沒太多溫柔，這是我們的母女關係。細看我與妮娜之間，豈不也一式一樣嗎？」

「你後來有沒有，」我有點遲疑的問：「有沒有感情生活？」

「當然有了，而且還算值得回味。不過有點曇花一現的，已經消失了。你想聽嗎？」

我當時有點茫然，但覺得這樣子是不禮貌的，隨即點點頭，這點遲疑幸好她沒發現。

「我起先以為上蒼讓我在感情上受挫，卻在其他方面給了我報償。你還記得我二十年前帶著妮娜回國的事嗎？我一回來，成衣廠的老闆就到機場來接我，說我的工作已經安排好了，現在他的外銷成衣店光在台北就已開了三家，每家都生意興隆。他要我任挑一家作經理，或者跟他待在總公司，專門負責企劃，他覺得市場的遠景還很大。我因還要帶孩子，答應他在總公司做他助手，我還需要一點調適的時間，他當然都答應了我，反正都爽快極了，一切照我的意思做。

「你完全想不到吧？甚至我自己也想不到，我是一個做生意的料，我『嗅』得出商機之所在。有一天，老闆的朋友跟我說了一個『綠手指』的故事，說一個老女人能把任何難種的樹種活，他說如果把做生意比做種樹的話，我就有這根綠指頭，儘管我並不老。我在那個成衣廠工作了十幾年，此後門市開了十多家，遍布全島各大都市，後來弄到公司的股票都上市了，很多人都說是我立下的汗馬功勞，這我不敢當。老闆待我不薄，我不但有了房子又有了存款，還持有公司的股份，讓我可以出手闊綽，我一生沒那麼富裕過。

「大概在妮娜說要搬出去與同學住的時候，我認識了我後來的先生，就是你們叫我歐陽夫人那歐陽兩字的主人。他叫歐陽復，大我將近三十歲，比我母親還大。他是上海人，隻身在台，當然結過婚，不過太太沒生孩子就死了，他在認識我之前已單身了十幾年了。他長相一般，加上年齡大，即使是勞勃瑞福，到了六十歲都不能以長相論了，不是嗎？所以我起初都沒注意他，他後來說他緊跟我一年多之後（他們上海人說跟不說追），我才知道有他，言下不勝委屈。我後來對他的示好，心裡面並沒有太大的排斥，那時我對年輕一代的所有習性，其中包括我自己曾有過的都很不以為然。我覺得年輕人的生活太表面化，也許我自己的年齡也長大了，慢慢能夠欣賞生命中的沉澱之美，沉澱是需要時間的，我覺得凡事不見得要立即擁有，等待也是個很好的『姿勢』。你是不是覺得我說這話有點肉麻？像詩人的味道，不是嗎？我那段時候，也讀了不少的書，包括在報上讀你的文章呢。

「我們就這樣淡淡的交往了兩年。我說淡淡的是這次戀愛不像年輕時的甜言蜜語，彼此也不覺得非要怎麼樣才可以，能在一起，覺得很窩心很有依靠，沒見到面呢，並不覺得有立刻想見的急迫，這讓我想起好像孔子說的君子之交淡若水，我們的這場戀愛跟君子之交一樣。我們後來決定結婚，我無須徵求我母親同意，上次婚姻也沒要她同意，這避免了歐陽復該怎麼叫她的困擾。我嫁給他的時候他就決定從他的公司退下來，我也離開了成衣公司。他那時說，讓我們展開一個跟以前不同的新的生活吧，我對他說的所謂新的生活，概念雖然模糊，而真有些盼望。我第一次婚姻，沒想到要過什麼新生活，當時亂成一團，對未來沒什麼憧憬，想不到老了，卻有點憧憬起來。小狗，你有沒有在聽呀？」我點頭，她繼續說：

「其實在我這邊還不能算老，我才三十幾歲，不是嗎？但我跟他在一起之後就覺得老了。我告訴你，我跟一般人是不一樣的，我並不討厭老這個字，我不是跟你說過沉澱之美嗎？沉澱要靠時間的啊。有一天他問我，這世界我最想去而一直沒去過的地方在哪裡，我毫不猶豫的說是威尼斯，他說就這麼辦。我們結婚之後，就拋下台灣的一切，立刻到了威尼斯，不光是渡蜜月，而是結結實實的在那兒住了將近一年。所以你以後要到威尼斯，或者到義大利東部亞得里亞海附近的地方，我都可以做個導遊呢，除了台北，那是我最熟悉的地方了。」

「你說你們兩人在威尼斯住了一年？」

「就是，我剛才說我們拋下台灣的一切，這話當然是真的，唯一有待補充的是我們帶了一隻鸚鵡。」

「鸚鵡？」

「不錯，是隻鸚鵡。」她笑了笑說：

「是隻非洲灰鸚鵡，身高有手臂一般長的。現在要想帶動物同行，光是檢疫等的事要折騰一個月以上，到時准不准帶還是問題。但當時飛機場的管理不太嚴格，義大利尤其亂糟糟，一點阻攔都沒有似的，我們就把這隻他養了三十年的鸚鵡帶在身邊，不論進餐館，坐木船遊河，到教堂參觀，到街上買水果，幾乎片刻不離身的跟我們在一起。歐陽復說是他三十年前生日時一個朋友送的，那時鸚鵡還小，特別喜歡黏人，每天歐陽復下班回家，就跳到他肩上，要他餵食，在他手裡又唱又跳，就跟小孩一樣。鸚鵡跟我們旅行的時候，牠只會黏歐陽，幾次要牠吃我手上的食物，要牠飛到我肩上都不肯，晚上我們睡覺，牠就停在我們的床欄上，有時看我們，有時把頭別過去。這隻鸚鵡當然是鳥，有時候卻並不像鳥，我覺得她看我的眼神有點像人，顯得陌生而有些敵意。歐陽復有次告訴我，說這種南美灰鸚鵡可以活七八十歲，幾乎跟人類一樣長，他說等他死了後，鸚鵡還會活著，要我到時要善待牠，我雖然說好，心裡還是有點毛毛的。我跟他說也許你會活上一百多歲，那牠就無須我來照顧了，他以為這是推諉之辭，我說這全是為牠好，因為牠自始至終都跟我不親呀。

「我們很想生個孩子，但卻無功，我想是我們沒有這個福份，當然他太老了也是原因。我們結婚過了將近三年安適生活。妮娜見了他幾次，都不叫他爸爸，我們也任她，倒是姐姐跟他相處得很好。啊我忘了告訴你，我姐姐後來在南部成家，連生了三個孩子，有男有女。有一次她偷偷對我說，你怎麼嫁給我們的爸爸了呀，她說你看他個子也許比爸爸高，而遲緩但不聽人勸的動作，說話時深怕人家不懂故意放慢的語氣，還有人家說懂了之後他害羞的表情，幾乎是一模一樣呀。經她提醒，我也覺得有些相似。

「我們相處在一起，過著安靜的日子，生活像秋天的湖水，底下一定也有些潛流，但在表面看不太出來。後來有一天歐陽復死了，為什麼死的，我並不明白。早上起來，就發現旁邊的他斷了氣，靠我的一邊，還是熱的呢，醫生說是心肌梗塞，平常沒這個病的，好端端的，就這樣說走就走。你想聽我的感受嗎？我這時的心情，真有點《心經》裡面說的『空即是色，色即是空』的感覺。歐陽復留下不少的財產，還有幾棟房子，但老實說，一個人所居有限，那麼多房子也用不著，豈不等於是『空』的嗎，這點你了解嗎？對我而言，歐陽復留下的唯一的東西，就是那隻跟我一樣年紀而對我懷有敵意的鸚鵡了。歐陽死了的那幾天，牠不食也不飲，任我百般逗牠，牠都是不理不睬的。我們平日待牠如家人，是不把牠上腳環鎖住的，任牠在房裡飛，歐陽死後那幾天，牠老是停在餐廳窗框的架子上，用背對著我，任我怎麼叫，就是不飛下來。

「有一天我從外面回來，我發現牠腹部著地，跌臥在餐廳的洗手槽邊，頭垂著眼睛閉著，身體軟趴趴的像一團發好的麵糰，我急忙把牠捧在手上，發現牠還是活的，眼也睜開了，只是氣息奄奄，牠也許因為身子虛不加反抗。牠的樣子很悽慘，原來一身灰得發亮的羽毛被牠啄得亂七八糟不說，在腹部還有一塊地方是光溜溜的一片，跟拔了毛的死雞一樣，我看了都不忍鼻酸，跟牠說你這是何苦呢，要是歐陽復看了，有多難過呢？我用右手理了理牠雙翅上的羽毛，對著牠說，歐陽復死了，你很悲傷是不是？我也難過呀……想不到我說了這些話，牠眼睛閃出了一種神奇的光，等了一下，再餵牠吃的喝的，牠就不拒絕了，當然還不像之前吃的那麼多。

「後來牠慢慢復元了，過了一個多月，被啄掉的羽毛也回長出來，但是牠對我還是沒有像對歐陽復的熱絡，牠從來不會飛上我的肩膀。有一天牠飛到窗台，用牠的喙啄著窗上的玻璃，這表示牠想到窗外的陽台。歐陽復在時，常放牠出去，牠膽子小，從來不會飛遠，只在陽台的牆上停一下就會回來，假如窗子是關著的，當牠在外面啄玻璃的時候，幫牠開窗就是了。那天我也把窗打開一小口，牠便跳了出去，還好外頭風不大，起初牠停在牠以前愛停的地方，在那兒梳理一下牠的羽毛，然後靜靜的朝遠處望著。我故意不關窗，要牠想進時就能進來，便去做我的事，想不到那是我最後一次見到牠，我再也沒見到過牠了。我怕牠摔下樓去了，還下樓去找，結果一無所獲，牠確實是飛走了。鸚鵡飛走了之後，家裡更是空蕩蕩的。有一天晚上，我第一次作夢夢到歐陽復，他站在很遠的地方，沒跟我說話，只看到他肩膀上有那隻鸚鵡。原來歐陽復怕我擔心，告訴我鸚鵡已經到他那兒去了。歐陽復走了，鸚鵡也走了，女兒不跟我來往，我現在一無所有，是真正的孤單一人了。這是我的故事，當然要聽的話細節還很多，不過我知道你已有點睏了，不是嗎？」

「真有趣，」我覺得有些說錯了，忙補充說：「歐陽先生還來托夢。」

我看大廳那邊已經有人在收拾，表示酒會早已結束，她也察覺了，忙說：「看我忙說自己的事，竟沒問你是不是還要忙。」我說沒關係的，我很高興聽了她敘述的故事，「你可以寫出來的，只要換個名字就好了。」她狡獪的說：「你們寫文章的人都是這樣的，不是嗎？」我向她笑笑，沒有作答。

我們同時站起來，她從皮包拿出一張名片給我，說要我有空就跟她連絡。我們走到門口，一個像司機的人俯首在她耳邊說話，她回頭問我住在哪兒，可以送我回去，我向她道謝說我自己有車。臨別她拉著我的手，要我不要見怪她今天只顧自己說話，她已經好久沒有這麼暢快了，但這樣一定耽誤了我時間，她說：「誰要我們從小就認識呢，找到機會就向你傾吐不止？」我沒答她。她眼睛看著遠方，似乎有點恍惚，但一下子就回過神來，露出了精明的一面。一陣風來，把她頭髮吹亂了些，她用手攏了攏，我看到裡面已有幾莖白髮了，她笑著說：「你們那群小時候的朋友都還有往來嗎？最近我常想起小時候來。下次那個在南部當兵的小馬來台北，也許可以相約一見呢，你可以告訴他說，今天你跟他已經變老的初戀情人，結結實實的談了一整個下午呀。」

我說是是，但好像她沒有聽到。

超能力

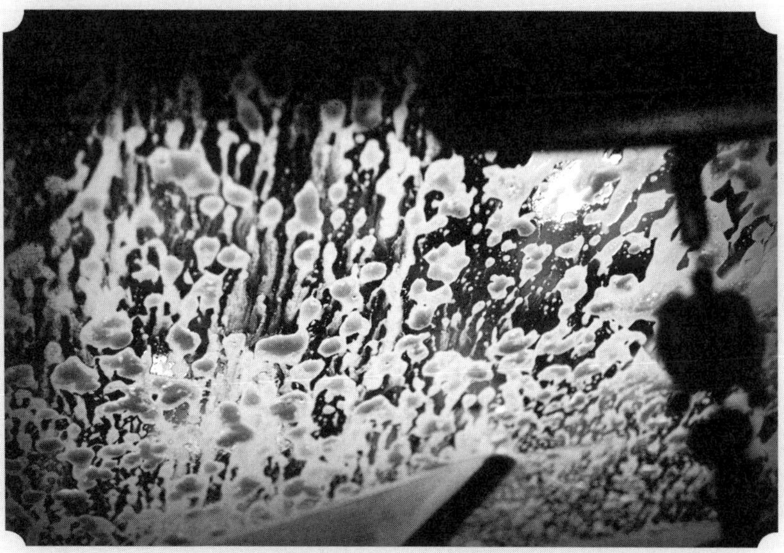

一

曾寮生的母親叫廖烏確，四十歲的時候生下他。他父親叫曾天助，曾寮生出生的時候，他父親已經五十二歲。他父母都因喪偶第二次結婚，彼此都有孩子，以前人結婚早，當他們第二次結婚的時候，兩方的孩子都不小了，原想不會再生的，但還是生了。他父親原來給他取名曾屘，讀成曾滿，意思是曾家的最後一個孩子，想不到報戶口的時候，負責登記的戶籍員說這名字「不雅」，小孩以後一定會要改的，不如現在就換個名字。他父親心想也對，陪他同去的弟弟也是孩子的叔叔曾天賜說，就換叫曾廖生吧，原因是孩子的母親姓廖，正合了「兩姓合婚，五世其昌」的諺語，想不到戶籍員沒聽仔細，寫成曾寮生了，也怪做父親與叔父的當時沒看清。但後來曾寮生曾寮生的叫下去，叫久寫久了，也不覺得有什麼不對了。

曾寮生從很小的時候，就有看見別人看不見的事的本領。有次他母親怕還潮，把幾塊吃剩的喜餅藏在她用舊了的一個鐵盒裡，喜餅是幾天前人家嫁女兒送的，鐵盒原來是拿來裝針線及各式紐扣的。那天曾寮生從幼稚園放學回來，說肚子餓，跟他媽吵吃的，他媽媽騙他，說家裡沒有東西吃，想不到曾寮生走到她床旁邊的抽屜裡拿出鐵盒，說裡面有喜餅呀，她一下子被嚇住了。心想也許是被這鬼靈精的小兒子偷看到了，但不會呀，分明是下午才裝進鐵盒的，那時曾寮生還在幼稚園沒回來呢。

有一次曾寮生的爸爸把要給人的一疊鈔票弄丟了，鈔票放在一個中式信封裡。他父親是「會頭」，那是剛收完人家的「會錢」，約好這次標到會的人下午來拿，卻突然不見了，要是被人偷了就壞了，要賠的話有一萬好幾千塊呢，在那時可不是小數目。但家裡一早沒有人來過，怎麼可能有小偷呢，他與他太太兩人幾乎把家裡翻遍了，還是沒找到，心情比熱鍋上的螞蟻還要急。這時曾寮生從外面玩回來，他吃過中飯就跟鄰家的一群小男孩到外面野，他們在村落邊上的巷子裡玩躲迷藏的遊戲。曾寮生怕人找到他，一個人躲到雞籠子裡面去，那雞籠外面還有一隻黃毛帶黑斑點的母雞在孵蛋呢，幾次當鬼的從雞籠邊上走過，都沒有發現他，他高興極了。但躲迷藏這玩意兒最刺激的是被人找到，躲得太好讓人老是找不到，也很乏味。曾寮生後來走出雞籠，算是唯一沒被抓到過的人，但一身雞屎臭的勝利者，算算也一無所獲。那些玩伴都回家了，他心懷憂懼，母親要是看到他一身髒，一定痛打他一頓，正當他猶疑萬端的走到家門口，發現父母親都在為別的事煩惱，根本沒空找他的岔。曾寮生看到滿頭大汗的父親，問說爸你在找什麼，他父親沒空搭理他，他又說你找的東西在你白衣服的口袋裡呀，他母親趕緊在衣櫃找出那件他父親平常外出常穿的長袖短衫，那包錢正好端端的在下面口袋裡，嘴裡大叫：「菩薩保祐！」他父親兩眼瞪著他說：「你是，你是怎麼知道的？」

事後他父親對他母親說，這小孩可真有點邪門，怎麼會知道錢在那件衣服口袋呢？這問題曾寮生不會回答，他其實沒有真正看到，只是在那一刻，腦中閃過一種奇想，要找的東西就在其中了。如只發生這一兩次，也許可以用碰巧來解釋，後來還發生了好幾次。曾寮生長大後，即使發生像這樣奇怪的事，他也很少告訴父母，避免不必要的困擾，他們知道了，自己不是挨打挨罵，就是給問個沒完，孩子有這種本領，做父母的，很少能夠不擔憂的。

曾寮生讀國小四年級的時候，他們家從村落搬到鎮上的一棟透天厝中。有一天他下午放學，剛走出校門就覺得有些不對，好像在他們家隔一條街上發生了流血慘事，他連奔帶跑的到了那條街，老遠就看到一大堆人，警察在一旁指揮交通，哨音不斷，一會兒小鎮醫院的救護車也咿哩哇啦的開了過來，一個滿身是血的人給抬進救護車裡，果然發生了車禍，是一個騎腳踏車的人被一輛運砂石的大卡車撞倒了。後來那人還算好給救活了，但從此變成了跛子，那個跛子後來一直瘸著腳在鎮上走來走去，成了個名人。他從過政，當選過兩屆鎮民代表一屆縣議員，曾一度發誓要整頓全縣的交通，尤其要取締違規砂石車，不過嚷了幾年也沒有什麼結果，後來鬼使神差的自己竟變成了一個砂石業者，旗下的砂石車也是橫衝直撞的，交通安全的事也就不提了，當然那都是曾寮生長大了之後的事。

又有一次黃昏時分，大概在他國小畢業那年，他母親要他到街口的雜貨店去拿已訂了貨的半打米酒，是要做燒酒雞用的，六瓶酒不好拿，母親特別要他帶一個帆布袋去。他走出家門，正好碰到住在後面的同學劉嘉文，說是要到雜貨店買黑糖，他們便結伴同行。到了雜貨店，雜貨店老闆先幫劉嘉文秤糖，秤好後，到後面櫃台下拿米酒，小心的幫他把酒瓶放進他帶去的帆布袋裡，嘴裡還誇曾寮生孝順，會為父母做事。這時曾寮生突然看見雜貨店老闆泛著紅光的臉的兩邊，好像各有一隻外國人餐桌上的長蠟燭在燒著，是白色的，那圖像只在眼前一閃而過，心想不妙，但他不敢跟劉嘉文說，回去也不敢告訴母親，怕萬一成真。結果第二天下午他從外面回家，經過街口的雜貨店，店的木板門已一片片的被拉上，只開了一個小門，門口貼著白紙，寫著「嚴制」兩字。他急急跑回家，母親對他說：「你知道嗎？雜貨店的老闆昨晚心臟病，送到醫院急救沒效，一大早死了。」

這種本領依佛教的說法是天眼通，能看到別人看不到的東西，程度有大有小，大約都是天賦，都不是人主動追求能得到的，有此天賦，照佛家的說法，再加上德性上的修練操持，也許可以擴大視野，看到更多事情。不過，具有這種本領並不好，能看到別人不能看到的東西，只是曾加自己的負擔，除了像他幫助父親找到錢之外，能為自己或為別人找到好處的機會是很小的。就像幫他父親找到錢算是好事，但錢放在那裡，遲早是會被發現的，所以即使有幫助，幫助也不算大。至於車禍與死亡，他只是在看不到的地方看到了，對受傷或死亡是沒有什麼作用的，因為即使看到了災禍卻不能阻止它的發生。尋聲救苦起死回生，是菩薩才能做到的。

不過曾寮生的這項本事也不見得是如佛教說的天眼通。天眼通是看得到範圍之外的東西，都是真實發生了的，所以不是幻覺，但天眼通絕對不能「預見」，像曾寮生看到雜貨店老闆幾個小時之後的事，就算很模糊，也是預見，而且證明成真的了，這分明是越過了天眼通的範圍。人要是有預見的能力就注定很悲哀了，因為預見了幸福，會想要確定擁有，預見不幸，總想要設法去避免，尤其是有關自己的事。但幸與不幸通常都是注定了的事，不是人所能左右的，就算是算準了，又有什麼用處呢，只是徒增煩惱罷了。

還有這預見的事不能操之在己，要「它」來找你才成，你不能「發願」預見未來，更不能指定要見哪一件事。所以曾寮生也許偶然有預知的能力，但並不是那麼必然，也沒有把握，如此即興式的來來去去，就算所見到是真有其事，也沒什麼意義可言。

二

他讀高中後有次聽別人說，宗教上的法力不能用在為自己謀利上面，萬一用了會未蒙其利先受其害，這話他一開始半信半疑，後來證明確是如此。有一次月考，考前一天他突然「看到」了數學的考題，他就私下先照所見做了一遍，題目有點難，所幸後來都想辦法做出來了，他很高興，因為他數學總是考不好，常遭老師白眼。考試那天考卷上的題目跟他做過的果然一式一樣，但萬想不到的是他作答的時候，卻莫名其妙又陰錯陽差的全把答案寫錯了，成績下來竟然得了個大鴨蛋。發考卷的時候老師故意大聲的說：「曾寮生，你難道不知道這次考試的範圍嗎，怎麼一題都不會？」他大大嘆了口氣，心裡說不是不知道，而是知道的太多了，但這話沒有說出去，因為沒有人會懂的。

他讀大學的時候，交了一個同班的女生叫徐惠梅，是客家人，家住在苗栗的頭份，兩人很談得來。徐惠梅在小學的時候叫徐惠妹，客家人生女孩都喜歡取名叫什麼妹的，讀國中才改成現在的名字。有一次她聽說曾寮生小時候叫做曾屘，在報戶口的時候還遇到了一些有趣的波折，就跟他拿名字開起玩笑來，彼此說說笑笑的，因而混熟了。交了一年多，有一天徐惠梅邀他到頭份玩，曾寮生從來沒去過頭份，覺得去一趟也好。徐惠梅有心眼，想要讓曾寮生來家裡見過父母後就心定下來，因為都已經是大三了。曾寮生是內向性的人，外表老實可靠，徐惠梅看父母好像沒不滿的樣子，心裡就覺得安全了。他們吃過中飯後到頭份街上散步，徐惠梅向他介紹幾個名勝，走久了他們都有一點累了，問他想不想休息，他說好，他千不該萬不該出了那個主意的，他說：「我們到水美冰果室坐一坐好了。」徐惠梅聽了驚訝的問：

「這裡哪有冰果室呢？」

他渾然不覺事態嚴重，還繼續說：

「這條路往前走兩條街，就在街口呀！」

「你不是說你從來沒來過頭份嗎？」

「我真的沒來過。」

「你分明來過，不然怎麼知道有這家冰店的？」

他很難回答，他如把真相告訴她，說剛才在腦中突然閃過那個冰果室的影像，她也絕不可能相信，他從來沒告訴她他有這份能力。那時他祈禱腦中閃過的影像是錯的，頭份根本沒有那家冰果室，但他們走了兩條街，果然看到那家冰果室立在前面，招牌是純白的，上面寫著「水美冰果室」的字樣，一字也不差，他想他們完了。果然，這個預料也是真的，徐惠梅從此沒有好臉色給他看，不到兩個月，他們的關係便告吹了。

天下的事往往難料，急急追求常一無所獲，一旦惹上身來，想要擺脫，卻又擺脫不掉，有時反而本滾利、利滾本的越變越多。不知道什麼原因所致，曾寮生大學畢業後，這方面的能力不退反增，他不但能預見一些事，有時還能讓自己夢想成真，不像高中時看到考題卻得不到分數。有時他預見不幸，也能設法阻擋。

有一次他在路過一個兒童遊樂場的時候，成功的阻止了一個小孩從鞦韆上摔下來，他苦口向周圍的人說危險，不准那孩子繼續盪鞦韆，卻惹火了孩子的母親罵他神經病，還好母親悻悻然帶走了孩子，阻止了悲劇發生，但四周的人都以怪罪的眼光看他，人要是沒有遭到災禍，是不知道躲過災禍是多麼幸運的。又有一次，他預知自己當天會從樓梯上摔下來，他就避免走樓梯，當然躲過了這場不幸，但換來的是他患了一周的令他要死要活的重感冒，那場感冒是在周圍無一人感冒的狀況下得到的，而且直到他的感冒好了，也沒傳給周圍的任何一個人，他才知道這種日益增強的本領，其實潛藏著一種凶險的反應，所以他發誓盡量不去利用它。宇宙的秩序至高無上，無可動搖，人的命運是整個宇宙秩序的一部分，當然不可能也不應該去試圖改變。

曾寮生大學畢業又服完兵役後，謀職遇到阻礙，暫時到一個國中擔任代課教師。在那裡他遇見了他這一生最令他動心的女人，她叫鄭明卿，是學校的正式教師，教的是英文，比他大一歲，但個子嬌小看起來比他要小。鄭明卿為什麼吸引他，他也說不清楚，也許是她有一種特殊的氣質，讓曾寮生看到她就覺得安寧。鄭明卿算好看，但要說漂亮，她也說不太上，她不是明豔型的，簡單說她缺乏「亮度」，她的光和熱，是藏在暗處的。

後來他終於追上了她，他們結婚了，先在學校附近租房子住。他原本打算在這個國中代一陣課，遇到好的機會也許可以走人，他在大學的專業是國貿，最好能到貿易公司或者是國際企業去。但他運氣不好，服完兵役，不巧又碰上了世界性的不景氣，那些國際企業紛紛縮編，貿易公司也因業務不好，不敢請新人，他只得在學校苦撐待變。他代了兩年的課，聽說學校其實還有缺，最近應該會增聘教師，學校用人通常是以代課教師為先的，所以他也有些觀望，到外面謀工作也不那麼積極了。

他記得他們結婚的喜宴，校長上台致詞，校長說是學校在辦喜事，說他們兩人都是學校最受歡迎的老師，並沒說他在學校只是代課的身份，他因此而產生了點聯想。後來一次鄭明卿見到校長，校長跟她說現在曾老師被你「綁住」了，下學期就在學校待著，不要另謀高就了吧，鄭明卿順水推舟的說，就憑校長的栽培了，校長說是啊是啊。但一直到春天過了，已經是夏天的五月了，曾寮生並沒得到任何消息，一般學校都在這時候決定下學年的人事的。

到五月中旬，還是沒有動靜，曾寮生跟鄭明卿商量，是否要找校長一談，明卿認為也是時候了。校長在校長室接見他們，一見面就滔滔不絕的說個沒完，他先從婚姻生活的幸福談起，又說了夫婦相處之道，反正廢話連篇，但當他們把話題轉向下學期的聘任問題，校長就不斷閃躲了。鄭明卿說：

「校長上次告訴我，下學期想要寮生在學校繼續任教，現在已經是五月了，請教校長，這人事已經確定了沒有？」

「這事早確定了的呀，當然要留你們繼續任教的啦，像你們這樣負責任又受學生歡迎的老師，我們就是想解聘，家長與學生都不會答應的呀！」校長說。

「校長您說寮生可以改成專任？」

「啊，我記得不是這樣說的，我說請你們繼續任教，當然是依照舊有的聘任方式。這點鄭老師，我想你一定能了解，像曾老師這樣的代課老師，是有缺才能夠聘的，而且照規定這聘約是一個月一個月算。」他又看著曾寮生說：「我看曾老師你教得好，所以就沒照聘約規定，一聘就是一學期，我想這一點你也許知道，學校已經有人在說話了。」

「但，校長，」曾寮生說：「我們聽說下學期我教的科目有缺。」

「你聽誰說的？有沒有缺，我做校長的竟不知道？」

「上次校長跟明卿說過之後，我以為留在學校有望，就沒去另覓新職。」他沒有回答校長的問話，繼續說：「我想學校假如真的有缺，就讓我有貢獻的機會也很好，何況我們又結婚了，校長看呢？」

這話有點喪權辱國的味道，他驚訝自己竟然說出來，他對自己有些絕望。

「曾老師，你的才幹當然沒有話說，只是專任缺確實沒有，不但是你，我有點愛莫能助。有幾個人動用了教育局跟立法委員的關係，有的還送了大禮，當然我們不能收人家的東西的，都退了回去，我是說就算關係這麼好，壓力這麼大，沒有缺還是沒有辦法。現在什麼事都是規定得死死的，校長的權力其實小得可憐，你們也得同情我呀，哈哈！」

校長既然如此說，也不能強人所難，所以他們就不再說了。但後來證明傳聞不假，學校是真有缺的，事實擺在眼前，暑假過後真的聘了一個新人，跟曾寮生一樣是國貿系畢業的，畢業的學校比他的還差上兩級，這事讓曾寮生十分不滿，讓他更後悔的是上次見面說了那些「祈憐」的語言。鄭明卿也十分生氣，說要去見校長理論，她在學校比較佔優勢，因為她是專任。

曾寮生勸她算了，說見了校長他會跟你說實話嗎，他假如說教育局要他聘這個人，特別給學校增加了個缺額，我做校長的能拒絕嗎？教育局是我們的頂頭上司呀，鄭明卿想想有理，在學校教師是爭不過校長的，就沒有去找他了。然而學期中一次機會，她與校長面對面相遇，那天旁邊沒人，校長不能打哈哈，只得跟她解釋這件事，想不到校長說的竟然跟曾寮生說得一模一樣，連缺額是教育局特別給的也是。她回來說：「你是有什麼神通，知道得這麼詳細？」曾寮生只是聳了聳肩說是猜的，他沒把自己的本事告訴她，何況像這樣的事，也無須動用什麼特殊的本事，依常識判斷就成了。

校長跟學校的一位女教師有曖昧關係，有一次他們在校外約會，被一個記者拍了照片，這事自然要有別人檢舉才拍得到。記者故意先逗他，在報上發表了的是張模糊的照片，而且是背影，校長一看根本無法看清，就連聲否認，又說報上說的那天他正在學校主持會議，全校教師都是證人。報社在他否認之後，並沒有提出更進一步的確鑿證據，校長便一臉受害的表情，到法院控告報社與記者誹謗，必須要向他公開道歉，並提出民事賠償的要求，所有的舉措，跟政客的嘴臉一樣。校長之如此篤定，在於那個報導確實有很多漏洞，讓他可以反將一軍。

但萬想不到這些其實是煙幕，報紙有意跟他玩欲擒故縱的遊戲。報社在校長的氣燄囂張到一個程度後，又很有技巧的公布了幾張照片，一張比一張清楚，就算是背影，也看得出在旅館前的那兩個人是誰了。事情鬧到這個田地，校長的顏面喪盡，早知如此，嘴巴就不該那麼硬了。議會與輿論的壓力越來越重，教育局必須做出裁度，校長只得自動請辭，校長因犯下行為不檢及誣告的罪行，連退休金都不保了。

在校長還在按鈴申告記者的時候，曾寮生就「看出」了他後來難堪的下場，他告訴鄭明卿，說再過幾天校長就會「引刀自宮」的請辭下台，鄭明卿笑著說那是他沒把你改聘成專任，你就這麼詛咒他，曾寮生說不是的，你等著瞧吧。隔了幾天，果然證明了他的預見，鄭明卿開始相信了，但也沒有全信，這也許是許多人的希望念力終於成真的表現，她心裡知道，期盼校長倒楣下台的，在學校裡還不只曾寮生一個人呀。

三

一九八九年五月底，正好是北京天安門學生請願運動鬧得不可開交的時候。報上天天有熱騰騰的消息，我的藝術周刊有兩次被別的版面「佔領」，用來報導不斷傳來的消息，因為要報的新聞實在太多了，新聞部求祖宗拜爺爺，總編輯也頻頻示好，千恩萬謝的，我則樂得清閒，幾乎天天都上一次咖啡廳，一到裡面，想泡多久就多久，沒人要管我。到了六月初的某一個黃昏，我在咖啡廳遇見曾寮生。我們並沒有相約，我那天先進去，在裡面點好咖啡，他就進來了，他看到我，便很高興的坐到我對面的椅子上，連聲說外面好熱呀，我說六月了，也該熱了，他說但今年好像比往年更熱些。

他那時已經沒在教書了，他在一家以財經為主的報紙服務，世界的經濟情勢轉好，我們在一年多以前認識。有次他在一篇文章中大膽預測了一年的台灣經濟走勢，尤其是電子業、金融業與營建業，會遇到比以前更好的榮景，結果鉅細靡遺的真如他所料，他一下子便火紅了起來。他不是什麼有名的專家學者，也沒什麼太高的尤其是國際性的學術背景，但他的判斷確實比他們還準確許多，再加上他文字清晰暢順，不用那些冷僻艱深的術語，讓大家一看就懂，他被報社刻意拔擢，出任一個經濟特刊的主編。我與他第一次見面，介紹我們認識的朋友說他是當今有名的「經濟學家」，他忙著阻止朋友這樣叫他，說叫人經濟學家就等於是在罵人。「你難道沒有看上期的《讀者文摘》嗎？」他問，朋友搖頭，也許表示沒看，也許表示不知他話的意義所在。他說：

「上期《讀者文摘》的珠璣集裡有個笑話，說一個知名的大學校長問他們學校的資深經濟學教授說，為什麼二十幾年來，你的經濟學考試的題目全都一個樣子呀？教授說，試題雖然每年一樣，但答案是每年都不一樣啊！你們知道這笑話的意義了嗎？經濟學的解釋是年年不同的，換句話說吧，經濟學家沒一個不是迎合時勢的投機份子，沒一個是可靠的。」

他雖然在人前常開玩笑，尤其對他熟悉的財經專業很不以為然，總是冷嘲熱諷的，看起來是個玩世不恭的人物。但認識久了，發現他其實有另外一面，只要沒人在他旁邊，他就不那麼瘋癲了。好幾次我在咖啡廳看到他，他一個人坐在裡面抽菸，大部分時候是垂著頭，有時候會抬起頭來，深深的把一口煙噴到黑暗的空中，像思索著什麼要命的生死問題，神色嚴肅得不得了。他的頭髮黑白相雜，鬢腳從來不刮，跟下面的鬍鬚連成一體，鬍鬚也亂成一團，遠看比他年齡要老很多，有一次不知是什麼原因他說出他的年紀，原來比我還年輕。

我與曾寮生是不同行的同業，但他有一種沉鬱的氣質吸引著我，他有點名士的派頭，有時候更像一個神經質的藝術家。有一次他劈頭問我：「你知不知道什麼是命運？」正在我思考如何回答的時候，他自顧自的點燃一根菸，把第一口煙朝前面吐出來，當然沒有噴在我身上，但他就是噴到別人身上也不會在乎的，他也從來不會有敬菸讓菸這樣的動作，他無疑是一個以自我為中心的人。

我記得當時我跟他說，這問題很難回答，因為我不知道他所以問這問題的理由。

「請你不要用問題的方式回答我。」他說：「你可以直接說知道或不知道。」

「我如果不知道你提問題的理由，我便無法回答，無法回答與不知道是不同的。」我說：「我想我不見得『知道』你問題的解答，不過也許碰巧知道，但你如果要求別人四面風八面堵的回答這類的問題是沒有意義的。這有點像你問什麼東西加什麼東西等於什麼一樣，數學上要先知道單位，單位一致才能夠相加減，否則一點意義都沒有了，不是嗎？」

「你怎麼想得那麼複雜呀，你當我在考你博士論文嗎？不過我確實也把這問題提得太無厘頭了。」他啞然失笑，停了一下又說：

「我最近越覺得我們是無法阻擋命運的。有些人是先知，他知道命運的走向，當他發現命運對自己或別人不利，想要阻止時卻發現完全徒勞。有時他發現有點功效，好像真的能起死回生似的，其實不是他的本事，而是命運早決定了在這兒轉了個彎，他還以為自己扭轉成功了呢。」

「你指的是預測一年經濟走勢這類的事嗎？」我問，我知道曾有一段時候，一些人以「經濟學的本土先知」稱呼他。

「當然不是。經濟其實是等而下之的事。」

當時我對他預知本領已有些耳聞，是我親自聽他說的。他一次酒入愁腸，告訴我他「不幸」具有那項能力，我好奇的問他是否用來預測經濟事務，他說有這種能力而不想去使用它一定是騙人的，但預測的本領不是自己想有就會擁有，絕大多數是那種事自己來「找」你，發生的事也許跟自己有關，但不見得有太緊密的關係，太緊密因為焦距過近，反而看不清。因為沒來「找」過他，所以他從來沒用這種方式預測過經濟。

同樣知道他有預測能力的一位朋友，有次私下告訴我，有這種本事最好是沒有什麼腦筋的傻漢，因為這事除了神祕之外，對擁有它的人是有很大「殺傷力」的。我問他為什麼，他說傻子比較粗線條，不會嚇自己，所以受傷不大，但一個聰明的人如有這項本領就壞了，他會被它整得不死即傷，結局往往慘不忍睹。「你看那些會替人算命的大師，通常自己的命都不好，而且越算得準的越糟，這是因為他們干預了天機，不是有句話叫天機不可洩露嗎？」那位朋友說。

六月初我在咖啡廳遇到曾寮生，就是他說很熱的那一次，他雖然說看到我很高興，但當他坐定，我看他氣韻中滲出一種慘淡的味道來，他眉毛低垂，眼神灰暗，老是不能集中。那幾天大陸天安門的風雲日緊，我問他有沒有看到什麼特殊的徵兆，他大嘆了口氣，說這幾天心神不寧，就是因此而發，我問他詳情，他說：

「是你問我才講，你不問，我死都不會講的，因為講了你也不信。前天晚上，我坐在桌子前，正想寫一篇短文，評論報上傳聞有人操縱美元匯市的問題，但無論怎麼起頭，文章就是寫不下去，腦筋浮出的，是一輛輛坦克車在橫衝直撞的模樣。我想到報上登的，中共當局警告在天安門廣場示威的學生，說他們要是不解散，政府要嚴厲對待。」

「這我們都知道。不過中共從四月初開始，已經忍了兩個月，要動武的話早動了，我看在輿論與國際的壓力下，也許會繼續忍耐下去。何況這次站出來的不只學生，很多人都贊同學生，包括新華社與《人民日報》的記者，中共當局就是想嚴厲對付學生也有點投鼠忌器吧。路透社記者說當局並沒有把話說死，跟示威的學生並也沒有斷絕關係，還是在不斷接觸的，這也許是好消息。」我說。

「希望如你說的，可是我看到的不是這樣。我看到的是坦克車開過來開過去的景象，底下有大片的血跡，我覺得狀況也許不妙。大陸當局也可能會蠻幹，我把我的憂心跟好幾個人講過，但沒一個人相信。」

他說完眼光停在半空中，神色出奇的衰敗，我們後來沒有談下去，什麼原因已忘了。結果到六月四日的中午，電視上就播出了中共坦克車衝上天安門廣場的畫面，到處是火燄還有令人戰慄的機槍聲，人聲鼎沸，幾輛板車運著受傷的人在馬路上飛奔，情況混亂，沒有人不被那恐懼的畫面嚇著的，我心裡想，終於被曾寮生預料到，而且一點都不差呢。

那幾天，我們被那舉世震驚的消息影響得茶不思飯不想的，報社忙得不可開交，雖然沒我的事也被抓去幫忙，咖啡廳當然也沒空去了。隔了約莫三四天，我趁路過踏進咖啡廳，打算到那兒休息一刻，老闆正在招呼顧客，等了一下他來到我前面，問我有沒有曾寮生的消息，他說中午曾寮生的太太鄭老師來問，說曾寮生已經三天沒回家了，他服務的報社也不知道他的下落，那幾天新聞業都忙得很，反而沒人注意他。咖啡廳老闆問她曾寮生是否可能去渡假呢，鄭老師說不可能的，假如渡假也會帶她一起去，何況那幾天大家都在忙，根本不會想到渡假的事。

晚上我在家裡，接到鄭老師的電話，她的語氣緊張又沮喪，她說問過所有認得的人了，還是一點頭緒都沒有。她問在之前曾寮生曾跟我說過什麼，我說就在六四之前，他預測到天安門會發生悲劇，我說當時我還不相信他的，想不到果然發生了。隔了會兒那邊哭了起來，我連忙問有什麼事，她說：

「他老是看到不幸的事，又老是覺得自己無能為力。他給他腦中的幻影折磨得很慘，每天茶飯不思，菸是一根一根的抽，一天最少兩包，我要他去看醫生他不去，有天他跟我說，眼看著不幸在前面發生，自己沒辦法可想，倒不如什麼都不知道的好。」停了一會兒，她繼續說：「他說他已經油盡燈枯了，不只一次的說這樣活著有什麼意義呢？萬一他遭到不幸，就都是這所謂的超能力害的。」

「不會的，大嫂，」儘管我想起另一朋友最近跟我說的話，他說越是聰明的人越是會被「它」整得非死即傷，心想不妙，但口裡還是安慰她說：「洞悉命運的人，總是會為自己或別人找到逢凶化吉之道的。」

「問題是他好像沒有這種力量，也沒有這種意願。」她幽幽的說。

當晚我竟然夢見曾寮生，夢中的他還是穿著那次在咖啡廳穿的那件白色襯衫，鬍子頭髮亂糟糟的，彷彿在一座很大的大山前面。我沒忘跟他道賀，說他預測準確，他則很不高興的指責我不該為發生了最大的不幸而道賀，我當時覺得自己失言了，我道歉說我的意思不是這樣，但夢裡的話說不清楚，他好像說了句「不過又有什麼辦法呢？」就不見了，我的夢也醒了。

第二天早上，就得知了曾寮生不幸的消息，那消息令我萬分震驚。

他也許覺得心煩，六四之後沒告訴鄭老師，一個人參加了一個到花蓮太魯閣的旅行團，晚上投宿在天祥的一家大旅館裡，第三天旅行團要移往他地，卻發現他失蹤了，報警後隔了兩天，有人在一個溪澗裡發現了具浮屍，原來就是他。據警察判斷，是失足落下去的，但也不能說沒有其他可能。

旅行團的導遊把他的遺物連帶旅行時幫他拍的一張獨照送給了鄭老師。有一天鄭老師把那張照片給我看，不看就算了，一看幾乎把我嚇死，照片是在一棵松樹前面照的，松樹後面是一座孤峰突起的山頭，曾寮生穿著白色的舊襯衫，髮鬚亂成一團，那座山與他身上的衣服，還有他臉上的表情，跟我夢中所見幾乎一模一樣，這夢境我從未告訴過別人。莫非預知是一種病症，也會傳染嗎？我不喜歡這種東西糾纏到我身上，希望我夢中的預見的影像，只是生命中萬端巧合中的一個罷了。

幸好這類似的巧合，此後再也沒發生。

鳥類圖誌

一

紀還素教授在六十歲那年就退休了。公教人員的退休年限是六十五歲，而教授還可以「延退」一直幹到七十歲，紀還素教授在六十歲那年「萌生」了退意，就決定退了。其實說萌生退意應該還要早些，他在五十多歲的時候，就覺得他的人生有點空虛，好像能把握在手的東西越來越少，或者根本沒有。

這空虛兩字不是指物質方面而言，他有間二十年前低價承購的學校宿舍，貸款已交完了，有實坪三十多坪，在新店溪邊不遠處，是五樓建築的二樓。這三十多坪房子，除了廚房與廁所，各面牆壁都是書架，而書又從書架上「氾濫」出來，書桌上、茶几上還有椅子上都堆著各式的書，他學校的研究室裡也到處是書，在退休前他唯一擔憂的是研究室裡的書，退休後搬回家要堆到哪裡。

他曾詢問過學校圖書館，問他們要不要。一位資深的館員倪小姐告訴他，圖書館只要成套的叢書，或者有特殊收藏價值的善本珍藏，一般的書，光是整理編目要費老大的勁，老早就沒興趣了，倪小姐半開玩笑的說：「要知道，這是個印刷品氾濫的時代呀！」他後來在研究室清出一部分對他而言是「有意義」的書，請人搬到他家去，其他的就招研究生來，讓他們各取所需，結果還是留下一大堆，他最後只得讓學生把它們打包成堆，由系裡請清潔公司當廢棄物清理掉。

他發現平日生活需求並不多，一件衣服，穿了十幾年都沒壞，吃的東西也很簡單，再加上他居有定所，所以他的空虛感並不是物質上的，他的空虛感應該是精神層面的。他有一個女兒，碩士得到後就到美國深造了，這兩年因為論文沒有進展，情緒高低起伏，連帶生活也過得不很好，他們只一個孩子，他的太太心疼，就過去照顧她，這是最好的安排，不過紀還素只得一個人了。退休後他也可以到美國去，他在芝加哥拿過學位，對美國不能說不熟，但他對美國社會沒有興趣，何況他不可能在那兒置產，在台灣生活還是平順又自然許多，就一個人繼續住在老房子裡。

他年輕時愛運動，一次打籃球搶球時腿給嚴重拉傷，而且挫傷到骨，治療後一直沒有好過來，所以他平常走路有一點跛，後來又得到風濕性關節炎，一年有幾個月會特別的不舒服，所以就不太運動了，自此之後，他覺得自己的生命情調也隨之改變，變得比較好靜。他有時想他應該繼續教書的，朋友也這麼勸他，但他還是放棄了，現在的學生沒一個用功，他最後幾年覺得自己繼續在學校待下去就是浪費生命。他不知道為什麼這麼多的學生之中，竟沒一個是聰明又好學的，他認為現在的學生有一個致命的缺點，就是沒法集中精神，渙散得厲害，看一件東西，老是沒有焦點，當然更不可能有觀點了。再加上他們又短視近利得很，只圖現實的好處，沒有理想，就跟這社會完全一樣。

他在退休之前，因一位同事的關係而接觸到音樂，朋友幫他裝了套音響，他跟朋友到唱片行選購唱片。他不喜歡大規模的交響樂，更不喜歡吵人的熱門音樂，所以起初買的都是比較輕柔的唱片。有幾張是抒情電影的配樂，他常常放出來聽，有幾張標榜是「心靈音樂」的唱片他也喜歡，裡面有風聲鳥啼，還有一張錄的是深海抹香鯨的叫聲，配合著海浪，聽的時候他好像躺在起伏搖擺的船上，一會兒就想睡了。

退休後，他又被另一項東西吸引，就是賞鳥。他賞鳥不是專業式的，專業賞鳥需要設備，他什麼也沒有，後來陸續有了，也不很講究，他起初只是單純的喜歡聽聽鳥的啼聲罷了，後來藉著書，他知道尋找叫聲的來源，他找到牠們，也慢慢的欣賞起鳥的樣子了。有一次他在音響上放電影《教會》的主題曲，每當四拍結束，他就聽到一種鳥的叫聲，分秒不差的落在那一點上，跟打節拍的鼓點一樣。起初他還以為是唱片裡面的聲音，但白天放就沒有，後來才知道是一種台灣獨有的田鶇發出的聲音，秋冬之間，牠們喜歡在他房屋不遠的河溝草叢間築巢，在晚上，田鶇會像計時器樣的發出節拍一般的叫聲，越深的夜晚聽得越清楚。

朋友介紹他聽法國作曲家梅湘寫的叫做〈Catalogue d'oiseaux〉的曲子，中文譯成《鳥類圖誌》，是單純的鋼琴曲。他開始聽不太懂，後來聽多了，慢慢能知道描寫的內容了，之後他就讚歎起這位音樂家的本事來，梅湘能用鋼琴來比擬眾鳥的啼叫聲，不只啼叫，中間還有故事似的。音樂共分七大冊，灌出來的唱片有三大張，全部放完要三個多小時，紀還素沒耐性，從未把一張唱片聽完，每次只放其中的一段，他聽一兩段就心滿意足了。他特別喜歡第二冊中一段描寫黑耳麥雀（La monachella）的那一段，常常反覆的放出來聽，鋼琴的聲音清亮如水滴，匯集後成了淙淙的小溪，從人心靈流過，聽了一段，心裡就像得到了某種啟發似的，他可以繼續做想做的事了。

二

紀還素教授在這所大學的歷史系已經教了二十年書，在此之前，他還在一個研究機構待過。他的學術專長是中國近現代史，研究的是晚清到民國之間的歷史。所有的歷史問題都有延續性，再加上國人一向有「古為今用」的觀念，常有人請他對當前的社會尤其是政治議題發表意見，譬如今天的某事與五四時代的某事有什麼區別，今天政治上的某些舉措跟清末自強運動裡的某些事件有哪些同異等的。他很不喜歡回應這類的問題，提問題的人老是混充內行，強調歷史「鑑古知來」的特性，這樣解釋歷史不見得有什麼錯，古人就說過以史為鑑可以明治亂知興替的話，但這樣處理歷史問題容易混淆。儘管人類的歷史是一整體，但從另一角度看，歷史也是獨立的，沒有兩個歷史事件完全相同，就跟我們身上有幾千億個細胞，沒兩個完全相同是一樣。他認為既是做研究，必須把座標與向量畫分清楚，不能凡事混淆，如果動不動搬「全體大用」這帽子出來，那就亂了。

但一般人耐不下心來，你只跟他談單項的歷史問題，如果沒把話題扯到今天，沒意思評論時事，他們就對你缺乏了興趣，就不會來找你了，紀還素教授認為這樣很好，沒人理自己等於「相忘於江湖」。他能達到這個境界是最近的事，兩年來，他終於得到從未得到過的清靜，在獨處的時候，他甚至可以聽到自己的心跳，但在此之前不是這個樣子的。

事情要從八年前說起，他那時剛當系主任不久。他有一篇論抗戰勝利後中央政府領導現象的論文，那是一篇在研究院近史所開的會議上宣讀的會議論文，他在論文中舉出不久才解密的《大溪檔案》的一封蔣介石的親筆信，信中要求參與徐蚌會戰的國軍將領如邱清泉、黃百韜、張靈甫等必須抱著戰到最後一兵一卒的決心，將領尤須知恥，戰敗必須自裁，「勿留骨穢土，資敵匪踐汙也」。這次會戰結束，結果共軍大勝，國軍大敗，影響了四九年之後的局勢。國軍將領有的戰死有的投降，戰死或自殺的人確實依照了領袖的手諭，沒有逾越。紀還素的結論是國民黨之後儘管一敗塗地，而其中有的將領重視「氣節」，寧死不屈，也不是一無光榮可言。論文論述當時政治與軍事方面的各項領導問題，根據的都是可信的資料，判斷也有所依憑，沒有超越現實。然而紀還素在結論中又加了一筆，引起了話題，他說領袖要部下盡忠殉國，在中國歷史上常見，是傳統道德觀念的一部分，但既是道德就應一體遵守，蔣先生後來失去了大陸江山，自己不身殉社稷，到了台灣又復行視事的做起總統來，就令人不能無異議了。這是題外話，原本不應寫在論文上，後來他知道會引起爭議，在印出的正式論文集中也把這段文字刪去了，然而這段論文初稿上的文字在會中引起了討論，大部分與會者都呼應他的觀點，報社記者連相報導，此後紀還素便成了個名人。

那時台灣的戒嚴取消不久，對以前的禁忌也開始敢碰觸起來。蔣氏家族在台灣有崇高的地位，到處立有蔣介石的銅像，在此之前偶有人對之發出不滿的聲音，但所發的聲音到底是小而細瑣的。紀還素的這篇論文後面的「餘論」在報上披露後，似乎鼓動了社會討論蔣介石的風氣，不同意見紛紛出爐。有人把紀還素的這一篇論文當成台灣史學界對蔣家政權的「發難」，功勞有點像秦漢之間的陳勝吳廣，又像武昌首義發第一槍的熊炳坤，紀還素逢人矢口否認，說自己根本沒有這個意思，但越是否認，說法越是確鑿，連他後來在正式論文集刪去的那段，都被解釋成在統治集團壓力之下不得不低頭的後果。

有人提出二二八事件與白色恐怖，蔣介石應該為那些事負起責任來，有人認為他大搞獨裁，壓制民主，是個獨夫式的領導者。不過也有相反的主張，認為蔣介石遭遇到的時代是一個特殊的時代，自不能以承平時代的框架來衡量他。這些意見各有後台各有勢力，大致而言，當時的正反兩派還顧全公道，並沒有刻意撕破臉，好像在歧異之上，還有個最大公約數的樣子。不像到了後來，評論越來越激烈，有時就像潑婦罵街一般，話說得更難聽，根本就不是在討論問題，而是像政客一般在互掀隱私各揭瘡疤了。

這種發展，完全出於紀還素的預料之外，在某些事件上，他對蔣介石是不滿的，但並沒否定他所有的一切，譬如他領導抗日戰爭，還有在大陸全面搞文化大革命的同時，他在台灣為中華文化留下一個難得的淨土，這些事也必須肯定。但他發現，有些言論比較「討喜」，有些則不是，他說了不討喜的話就沒人會理他。

有一天一個系上的同事李守昌與研究院近史所的一個研究員到他辦公室找他，李守昌年齡比他大，那時已快要退休了，近史所的研究員叫伍振芳，大約四十歲，是哈佛博士，他似乎有很好的背景，才接近史所的聘不到三年，就升為副研究員了。上次研究院的討論會，便是由他主辦的。

他們見面稍事寒暄，就由李守昌說出主題，他們來約紀還素共同為一個新的台灣歷史教授協會作發起人。紀還素說這類的組織不是早就有了嗎，他記得就有「中國歷史學會」，還有「台灣史研究會」等的，李守昌說：

「有了是沒錯，但大家認為他們什麼事都沒做，所以要成立新的。」

「像李教授與我都是『中國歷史學會』的成員，」伍振芳說：「我想連紀教授您也必定是吧，但他們這幾年來，到底做了什麼事？我想可以接受公評。」

「這個學會多數由歷史學系的教授組成，平常忙於教學研究，所以活動很少。基本上是同業之間的聯誼性質。」紀還素笑著說：「我還當選過這學會的理事呢，如果對它批評，我也該負責任的。」

「我也做過。」李守昌說：「不過理事都是掛名，什麼事都不須做的。」

「有什麼急切要做的事嗎？」紀還素問。

「紀教授，您不認為我們台灣的史學界，太過向中國那方面靠攏？我們把中國四千年的歷史倒背如流，但我們的學生與社會，老實說也包括幾乎大部分的教師，對台灣史卻一無了解。您是不是也覺得，現在是調整的時候？」伍振芳說。

「抱歉，台灣人不了解台灣的歷史是不對的，但我不贊成把教中國史說成向中國靠攏。我們應該建議提倡台灣史的研究與教學，並不意味我們要取消中國史的研究與教學。這是我的看法。」紀還素說。

「您說得對，我們台灣人對台灣史不了解是不對的，所以我們想另起爐灶，成立一個新協會來推動這個理想。現在的歷史學會只會為既有的政治勢力背書，有的時候，恕我不客氣，他們在助紂為虐，抱歉，這與您及李老師是無關的，雖然你們承認自己是那個學會的理事，哈哈。我們目的是要求取一個平衡，平衡並不敵視中國史，再怎麼說，我們都是從研究中國史出來的呀！」伍振芳說。

李守昌示意伍振芳把發起書拿出來，對紀還素說：

「只一個發起書，宣言只有兩行，就是提倡研究及教學台灣歷史，你看我們都簽了。」紀還素心裡有點顧慮，但想到像這類的研究會、協會學會，自己不知道參加了多少，也就在文件上簽了名，成為這個協會的發起人之一了。

他原想發起成立這樣的協會，得拖上一年半載，反應如不熱烈，也就沒有了下文。想不到他簽下名之後不到一個月，「台灣歷史教授協會籌備會」就通知他「協會」已在內政部註冊成功，成立大會即將在內政部派員監督之下隆重召開，他也列名在籌委會中間。

協會成立之後，不知哪裡弄來經費，活動一個接一個，熱心參加的人士出奇的多，對紀還素而言，大部分是生面孔。他因被推為協會的理事，參加了兩次理事會，後面一次會議的議題很驚爆，會上發言盈庭，主要在強烈建議政府，把國中高中歷史課中的中國史部分由台灣史取代，中國史並不是不教，而是將它併入世界史中去了，這樣一來，所謂本國史將只指台灣史了。

紀還素對這個建議案很不認同，認為這議案牽涉的層面太大，根本沒經過充分討論就提出來，方式太武斷了，何況在學理上站不站得住腳都有問題。要將中國史排除在「本國史」之外，牽涉到民族認同的問題，充滿了強烈的意識型態，一經提出，社會必定爭議不休，甚至可能會永無寧日。他不主張如此，他認為提倡台灣史的研究與教學，不需要用這麼激烈的手段。但他的話還沒說完，就有一位學者站了起來，用義憤填膺的語氣說：

「紀教授不贊成我們採取激烈的手段，但如果允許一個『外來政權』用盡一切激烈的手段統治這個不屬於他們的國家，而且長達半個世紀之久，這樣公平嗎？」

這一段話是用國、台語混合的方式說的，其中的「外來政權」一語是一字一字的用台語唸出，顯然是在強調語氣。另一個學者也起來說：

「也許有人覺得我們的手段激烈了點，但不激烈一點是無法做出這樣的事業來，要知道『矯枉』就須要『過正』。」他先用台語說，後來改成國語，看著紀還素說：「不過剛才這位教授對紀教授有點失禮，我想他太衝動了，這裡他如不反對的話，我願意代替他向紀教授道歉。我們知道，紀教授是幾十年來第一個公然站出來以學術反對蔣介石的人，他是我們台灣史學界的光榮。」他說完，背後響起一陣掌聲。這時主席也是理事長的一位滿頭白髮的學者站起來，先看看紀還素，再看著大家說：

「剛才的提議，是我們成立台灣歷史教授協會的最原始目的，當然要立場堅定，這點紀教授是發起人，意見應該是一致的。只不過紀教授主張手段要避免過於激烈，以免樹敵過多，這也沒有錯，我想這方案提出的時候，措詞要盡量和緩，但立場還是要顧的，我想紀教授也是這意思吧？」

他並沒有給紀還素發表意見的機會，就宣佈散會了。紀還素心裡不是滋味，主席無疑扭曲了他的意思，不只這樣，他自始就有被人利用的感覺，這感覺很不好，他十分悔恨。但他無意再發言，他覺得意識型態的爭論，就是勝了也不能解決問題，也就任它去了。

回到學校，他決心不再參與協會的活動，假如媒體來訪，他一定表示那不是他的意見，但後來並沒有任何媒體訪問他。學校歷史系一向分作兩派，他前面「不遜」的言論已得罪了其中的一派，現在他在理事會上的發言，無疑又得罪了另一派，心想真是豬八戒照鏡子裡外不是人。他那時還當系主任，推行系務的時候就遇到掣肘不斷，有的無意有的有意，有的明有的暗，搞得他灰心喪氣的，一時興起不如歸去的感慨。

三年一任系主任屆滿，他可以連任，但他無意棧戀。系上像他這樣輩份的人不是幹過了就是毫無意願，而排在後面的資歷尚淺，他雖然得罪了一些人，要連任是沒有問題的。想不到正在這時候，外文系的教授黎再春來找他，黎再春做過文學院院長，因為這個原因，他把文學院的教師都當成了屬下看，除了幾個資格比他深的之外，一律直呼其名。他一進紀還素研究室，要他關好門後就說：

「紀還素，我問你，你有沒有做院長的意願？」

他完全不知道他要說的是什麼，只得說：

「黎院長，不知道怎麼會碰出這個問題的，我完全不曉得您是指何而言。」

「很簡單，只問你要不要幹。假如我們公推你來幹文學院院長，你要不要幹？」

「我不懂。」

「不要說懂或不懂的，這事我不說沒人會懂，那我就老實說好了。文學院院長今年要改選了，中文系那裡有幾個搶得凶，我們看想出來搶位子的沒一個順眼。但按慣例，現在院長是外文系的在幹，任期到了不能繼續做下去，文學院除了外文系就屬他們中文系最大，所以下屆院長非他們莫屬。」

「就讓中文系做，也很好呀。」

「他們由誰出來選，現在還沒決定，但那幾個要想出來的彼此張牙舞爪，大家看了都討厭。不論誰出來競選，他們都揚言以後要對付外文系。他們覺得這幾年被外文系『壓迫』得太厲害了，所以要報復。你認為這樣好嗎、這樣對嗎？」

「當然不好。」他的嘴裡這麼說，心裡對黎再春說的張牙舞爪的中文系教師很好奇，他認識很多中文系的教授，好像沒有黎再春說的那種，但他沒有把疑問提出來。黎再春接著說：

「你說得對，把文學院搞得腥風血雨，對誰也不好，所以才要你出來。」

「可是我們歷史系是小系，沒有力量去跟他們爭的。」

「加上我們外文系，你們就不小了。」

「你是說？」

黎再春點點頭說：

「大家要我來勸你出來，我們外文系全力支持，再加上哲學系跟人類系至少可以掌握一半。你只要答應出來選，我看十拿九穩。」

我答應出來，而且也當選了，人家豈不說我當外文系的傀儡嗎，他心裡想。黎再春好像看出來了，他說：

「你擔任歷史系主任，做得很好，簡直有口皆碑，大家對你都十分欽佩，所以要我來說服你。你不要以為就是我們一個系的意見，我們徵詢過其他系，都一樣的意思，還有，我老實說，校長那邊聽說中文系的那幾個人選，也頭痛得不得了。所以要是當選了，紀還素，你放心，可以照你的意思去幹，沒人會干涉你的。我們只是要阻擋那幾個凶神惡煞，怕他們把院裡的風氣搞壞了。」

「這太突然了，黎院長，老實說，這不在我的規劃之列的。」

「我也知道太突然了。這樣吧，紀還素，你就考慮一下，過兩天我再來問你。不過你心裡要有數，爭取選票是要時間的，也不早了。」

他不能給黎再春壞臉色看，他這次來，至少包含了一部分好意，「別人我不找，只來找你」，豈不是好意，但這事太複雜，不是兩三下就能釐清的。紀還素答應考慮，黎再春聽了後馬上說當然，臨走說他希望考慮的結果是正面的而且越快越好。

要說心裡沒有波動是騙人的，黎再春走了後，紀還素仔細想了想。他近來在歷史系混得不算痛快，左右兩派都有些嫌他，原因一部分是在某些地方自己不夠果敢，他想，他有點智慧卻沒有勇氣，他不願意公然「舌戰群儒」，有時又缺乏當機立斷，主要當然是想到口舌上的勝利並不表示實質上的勝利，意識型態的爭議沒有真正的贏方。但他不願意與別人對決，其實還怪他缺乏臨門的勇氣，這一點旁邊的人也看出來了，不時會冷嘲他。黎再春的建議讓他想到另一方面，他如暫時擺脫歷史系的職務，到文學院去服務一陣，於他目前的處境，也未嘗不是件好事。

他暗自分析了一下，機會不能如黎再春說的十拿九穩，但畢竟是有贏面的，假如外文系真的支持的話。他找來系上最要好的同事何凝教授商量，何凝的看法跟他一樣，認為不妨一試，因為確實有些人對中文系的人選不滿。

「沒選上多丟人呀！」

「不會的。」何凝說：「看樣子有機會。萬一沒成，誰都知道是黎再春他們『拱』你出來的，你格於情誼不得不參與競逐，你自己根本沒意願，這都是事實，怕什麼？」

「外文系那邊的虛實到底如何？」

「黎再春出面，應該沒問題的。」

「我如出來，不是公然與中文系作對嗎？」

「你怕什麼？你最多跟他們後來出線的人作對，中文系的人也不見得都支持他。你真的選上了，就是有幾個人唱反調又有什麼關係？你還圖萬民擁戴嗎？在我們系上，不是也有人老跟你唱反調？」

經何凝一說，他就「傾向」接受黎再春的建議了，他有意以這個機會考驗自己的勇氣。何凝臨走，他向他致謝，說自己就是從來沒有做過孤注一擲的事，說自己老是缺乏勇氣。何凝說：「也不要把這事看成孤注一擲。至於勇氣，不到最後關頭，誰也不知道誰是有勇氣的，不是有『時窮節乃見』的話嗎？」

他覺得何凝最後一句話說得不好，那是文天祥在〈正氣歌〉裡的句子，後面一句是「一一垂丹青」，聽起來有點不吉利。他想黎再春接下來幾天會來找他，他就答應一試，心裡是成固可喜，敗亦欣然。過了三四天，卻沒有任何消息，中文系倒推出了正式的人選了，他是被動的，總不好打電話給黎再春去問。

又隔了兩天，他在文學院開完會後在靠院長室的走廊上遇見了黎再春，當時黎再春正在跟中文系提名的人講話，結論好像是個笑話，黎再春拍著中文系教授的肩膀，笑得十分放肆，迴廊盡是他的聲音，他看到了紀還素，卻好像沒看到一樣。

從此沒有任何消息，他知道就跟與大國玩外交一樣，大國玩上了，是沒有小國的份的。也許那兩個大系已達成了分贓式的協議，外文系就無須支持一個小系來與他最大的敵人對抗，反正這院長一職，現在處理得漂亮，下任還是會落到自己人手中的。隔了許久，院長早已選出，大系之間的不共戴天之仇已經化解，文學院現在一片和樂融融。有次紀還素遇到黎再春，紀還素心情很平靜，但卻刻意走近他，想聽聽他會如何解釋，黎再春眼看無法避開，嘴裡沒有一句抱歉的話，只說好好努力吧，以後還有機會的呀，說完哈哈大笑而去。

三

新上任的院長是從中文系選出的，外表看起來溫文儒雅，說話也慢條斯理，根本沒有黎再春說的張牙舞爪窮凶極惡的樣子，不知道以前為何如此形容他。可見只要有選舉就有恩怨，恩怨又蒙蔽了許多的事實，學校的選舉也不能例外，民主不見得是最好的事。不過這些事，紀還素就決心不去管它了。他系主任不做後，又在系上教了幾年書，之後就正式退休了。

退休後他也沒閒著，他上午在家，繼續寫《清代啟蒙思想史》這本書。這本書是他早答應一家出版社寫的，已拖了四年了，退休後進度稍快，也許還要兩年才能完成。出版社的經營者是一位老先生，知道好東西不是趕出來的，對他進度落後，好像不以為意的樣子，過年過節，都會按時送禮過來，讓他不得不想起自己的諾言。退休的那次，老先生還特別請了一桌客，來的都是自己的同學好友，席間寫書的事一句也沒談。

太太有電話來，說女兒論文有進展，生活也漸有秩序，這使他高興起來。他有點後悔鼓勵女兒去拿學位，已經三十歲了，還沒結婚的對象，有了學位又怎樣呢。但他知道這兩件事不能放在一起說，她如不讀學位也不見得會嫁人，現在學位有望，也算是好事，其他的事，就等機緣來了再說吧。

他一人的生活很有規律，上午寫作之前，他會把家裡的雜事安排停妥，包括給陽台的盆栽澆水，餵魚缸裡的小魚。他養了一缸孔雀魚，是太太在時就養的，有紅尾的與藍尾的，已繁殖了好幾代了，孔雀魚很好養，不須特別照應。他太太到美國之後，他朋友因出國把一對金絲雀拿來「寄養」，這對金絲雀養在不同的兩個籠子裡，早上也得幫牠們換食物飲水。風不大的時候，他會把鳥籠拿到陽台上，讓牠們可以曬到陽光，順便呼吸新鮮空氣，但風大就不拿出去，以免牠們受涼了。有一天，他和系上的同事廖弘一在路上相遇，廖弘一要拿一份文件給他，他就跟到他家。他看到他們家裡養了幾隻黃色的小鸚鵡，在屋裡飛來飛去，廖弘一說平常不把牠們關在籠子裡，久了都馴服了，就是打開大門也不會往外飛。他看到小鳥在廖太太前面蹦蹦跳跳，要牠親人，就飛到你面前用牠小小的喙碰觸你嘴唇，樣子可愛得很，這讓紀心生羨慕。他後來問了許多有關小黃鸚鵡的知識，打算不久也買兩隻來養，他已打聽，在和平西路的植物園側門口有幾家賣這種鳥的店，心想他太太回來，一定驚訝不已的。

凡事都緩慢的進行。中午吃過飯，他在沙發午睡片刻，午睡過後，他會把上午攤在桌上的文稿整理一下，他還用不慣電腦，文章還是手寫，也許再補幾個字，也許就收拾起來，不再管它了。他把一切都弄停當後，就準備出門到新店溪邊散步，到溪邊散步是他退休後一日不可缺少的活動。

他散步的主要目的是賞鳥。秋冬之際，是賞鳥最好的季節，他出門的時候都是在三點左右，其他季節就不一定，有時早些，有時晚些，沒鳥可賞的時候，就算運動吧。他出發前會換上一件外出的長褲，戴起帽子，到門口再換上球鞋。他戴的帽子天熱時與天冷時是不一樣的，天熱時他戴棉線做的鴨舌帽，有兩頂線帽後面是虛針鏤空的，十分透氣，天冷他則戴呢絨帽，有的是鴨舌帽式樣，有的不是。他有一頂帶耳套的羽絨帽，平時耳套朝上綁起，用時放下，可以罩住兩耳，就暖和得很了，那是極冷的時候才戴的。

他還準備了個水壺，水壺很小，壺蓋可以做杯子，只有一馬克杯的容量，是不鏽鋼做的，因為中空所以很輕，他出發前常會在裡面裝一杯熱茶。別看只一馬克杯的容量，冷了渴了，一小口熱茶會發揮難以想像的支撐力量。他的鞋子是特製的高筒球鞋，鞋底有很深的溝紋，能避免在草地上滑倒，還是氣墊式的，輕又有彈性，他的腳有點跛，需要一雙好鞋子。

賞了一年鳥，有次巧遇一個同好，向他介紹一種低倍數的雙筒望遠鏡，鏡頭藏在盒子裡，用時打開，最高只有四倍，很好對焦，容易操縱，不用時放進外衣口袋，不佔空間，他便買了一副，像他這樣只在溪邊賞鳥，這就夠用了。他後來知道，如果不是專業，千萬不要買高倍數的望遠鏡，高倍數的望得遠但很難對焦，等你好不容易對好焦，鳥兒可能早就飛走了。再加上高倍數的多是單筒，常用在專業攝影上，帶著照相機，連著腳架，重得要命，沒事像背著一管迫擊砲似的跑上跑下，只有少年人才做得到。

他穿戴整齊後出門。從他家到新店溪要穿過兩條街，越過一個堤防，堤防兩邊有水泥階梯，他跛著腳一步一步的上下，走得很慢。堤防與溪之間有片很大的空地，市政府將它闢為河濱公園，因為在堤外，沒有什麼建設，只修了一條便道供行人與腳踏車通行，每在溪流轉角或視角寬廣之處又設了幾座平台，平台是木製的，有的比路面稍高，有的與路面等高，讓人在上面可以遠眺風景觀賞鳥類。那天天氣不算冷，大約攝氏二十度上下，起風了，從堤邊矮樹林走過，聽得到風的聲音，堤外溪邊的長草則被風吹得搖晃不已。

他在溪邊的淺水的地方，看到兩隻黃面鷺正在凝神的捕魚，一陣風來把牠們背上如簑衣的黃羽吹亂了，而牠們卻一動也不動的，只注意淺水裡的動靜，超過一刻鐘，也沒捕到一條魚，看起來牠們還打算要繼續等下去。他又在溪旁的長草叢裡發現了一隻黑冠麻鷺，書上講這種鷺鳥一般在夜間活動，現在是下午卻讓他看到了，他覺得很高興。

從這裡朝河心望，更遠的地方，他看到大約十幾二十隻的赤頸鴨，還有更多的小水鴨。這幾種鴨類是候鳥，一般是深秋或初冬的時候才見得到，現在秋意未深就見到了，也許是大陸北方今年冷得快，牠們早到了。牠們之中有的在水面載浮載沉的，有的剛從空中飛下來，雖然距離有六十到七十公尺之遠，也聽得到牠們欣遇同伴時歡喜的叫聲。他在觀景台的邊緣坐下，從腰間口袋拿出望遠鏡，小水鴨擺動著身體，有的潛進水裡，潛得不深，一會兒就冒了出來，小嘴不停的叫著，好像心裡憋著許多話，非一下子說完不可。

四周沒看到人，淡淡的陽光低垂著，風還有，不如剛才來時緊了。他不想坐太久了，便站起來，往溪北走過去。這條溪往北再走五六公里遠，就會和外縣來的大漢溪匯流，匯流後的河便是淡水河了，那邊河面廣闊，才是賞鳥的好地方，大部分從島外來的候鳥，喜歡棲息在那裡。但那邊河面太寬了，在河岸上用肉眼根本看不清楚，除非到河心的沙洲上去看，但即使在沙洲上也嫌遠了。在那邊賞鳥須仰賴高倍的望遠鏡，而且還要有許多技巧，是專業的人才做得到的，像他這樣的業餘賞鳥人，到那兒也許什麼也看不到。

有一次他在國父紀念館聽幾個國際有名的鳥類學家談鳥類的習性，一個美國來的專家名叫Roger的（他已忘了他姓什麼的了），他說：「所有野生鳥類都有一個習性，就是規避人類。」這句話讓他聯想起很多，包括人與自然之間的許多事。他的結論是，人如果要找尋出他原本屬於自然的天性，似乎也要從規避人群做起。

他也許在為自己離群索居的處境尋找藉口，但他確實覺得他現在的生活比以前踏實了些，至少以前的徬徨不見了。他走了接近兩公里，看到有人在溪邊垂釣，那裡的水無疑比較深，釣魚的人看到他來，對他笑笑，他看釣魚的人衣服穿得少，問他冷嗎，他用台語說不會，他也改用台語問：

「有釣到魚嗎？」

「不多。」

「是哪種魚？」

「大部分是溪哥仔。」釣魚的把魚籠提出水面，打開蓋子讓他看，裡面有幾條比中指略長的魚。他讚歎說：

「好漂亮啊。」釣魚的笑笑，不再說話。

他再看了陣。他看到在釣魚的不遠處有棵小樹，樹梢有隻腹部金黃背羽淺藍、雙翅深藍俗名叫做魚狗的翠鳥，正一動也不動的注視著同一水面，可見那兒有不少的魚。他靜靜的走了開來。

有幾隻中大型的鷗鳥在他頭頂盤旋而過，牠們看這兒的水面不夠寬，不願意降落，也許打算向溪的上游飛，一直飛到翡翠水庫那裡。他走回不久前看到黃面鷺的淺水地方，有幾隻高蹺鴴在水面行走，因為倒影的緣故，牠們的長腿顯得更長，牠們一邊走一邊用長腳攪動水底的泥沙，試圖找些吃的，剛才的黃面鷺已不知去向了。

他就這樣半賞鳥半遊蕩的走了許久，天逐漸暗了下來。他想起所有的鳥類，都只活在當下，鳥不記得以前，對未來也不會有憧憬，牠們沒有歷史。一個鳥類學家說鳥能飛在於體輕，牠們甚至把牠們的骨髓都簡化成薄膜，鳥給那位鳥類學家的啟示是，人要自由就得丟掉他身上的一切所有，他覺得他說得很對。同樣，人要得到生命真正的自由，必須遺忘過往與未來，不論是自己的或是群體的，生命的意義僅只於當下。世界上幾百萬種植物沒有歷史，幾百萬種動物也沒有歷史，而所有的植物與動物都生活得好好的，所以歷史沒有必要。他心裡盤算，是不是回去就打電話給那位年老的出版家，說那本還沒寫好的書，可以停筆不再寫了。

太陽已要落山，天更暗了，風又緊了起來。紀還素走上堤防，他覺得有些冷，便拉起夾克的拉鍊，又把帽子往下壓緊。他的手碰到腰間的水壺，竟然發現，今天出來還沒喝過水呢，便拿出水壺旋開壺蓋，站在那兒喝了一口。壺裡的茶還有點燙，他慢慢的喝，冷風中喝熱茶有特殊的味道，他覺得很舒服。

天暗了，一天就將結束，他覺得這樣很好。

夏日最後的玫瑰

一

我在大陸的旅行告終的一站在廣州。一個晚上接到一位我小時候朋友的電話，這位朋友叫楊其方，算是我小時的鄰居，我們一起上小學，讀中學時我們也是同學，但同級不同班，他說他透過好幾層關係才找到了我。他目前正在廣西的一個地方開農場，問我晚幾天回台不礙事嗎？他想邀我到他那兒去住兩天，順便看看廣西那邊不同的風土民情。我說這我需要改班機行程，還要通知台灣我工作的地方，至少要明天才能決定，他說好，要我不要擔心到廣西的事，他都可以幫我安排好，沿路都有人會照應的。我問他大約要多少天才能來回一趟，他說先空出一個禮拜吧，要早走晚走到時再說。

我有點想走這一趟，對小時候朋友的想念是一回事，主要是在大陸跑了一次，覺得舟車勞頓之外，還覺得精神疲憊。我應邀到大陸參加了一個兩岸新聞交流的所謂學術討論會，會後又有冗長的拜會與參訪的活動。這會沒什麼意義，因為這兒所有的新聞媒體都是一元化的由黨來掌控，編輯與記者，有什麼好討論的事呢？就算討論又議決了，沒有上面人首肯也是白搭，所以對高級機構的拜會很重要，但我們台灣去的，等於化外之民，除了儀式寒暄之外，就一點意義都沒了，何況儀式寒暄也千篇一律。我的周刊已編好幾期，本打算這次回台要杜門不出至少半個月，讓自己好好休息一陣，意外的廣西之行，就把它當成一個放鬆自己的機會也不錯，這是我當時所想。

我隨即把機票的日程改了，朋友又來電時我告訴他了，他高興不久可以見到我，說旅行都安排好了，會有一位司機來接我。我問不用坐飛機嗎？他說他所在的玉林在廣西的東部，還沒有機場，也沒鐵路，只好幫我們包了一部汽車，還好司機是他們最熟的人，車況也好，保證我明天「一天」平安可到的，我問要一天嗎？他說大約不到十個小時的車程，又說車上還有一名女乘客，說好明天先去接她再來接我。關於另有乘客的事他沒有細說，只說我們在車上會認識的，所以現在就不多介紹了，我也只得說好。

第二天司機九點來接我，當時我還沒有退房。司機一身勁裝，穿的是運動夾克，身體微胖，是個年約五十的漢子，伴隨他的是一位上身穿著黑色上衣，下身穿著淺藍牛仔褲的女子，中等身材，年齡我猜不到，大約有三十多歲了，稍瘦了點，有對明亮的眼睛，鼻子挺直，有點西方人的味道，見到我就叫我名字，應該是楊其方告訴她了。「我叫蘭沁，蘭花的蘭，沁是三點水一個心字。」她介紹自己說。

「是筆名嗎？」我問。

「不是，是真名。幾乎每個人都會問是筆名嗎，姓蘭花的蘭很少，但確實有的。不過也不能怪人家，我也寫一點東西，所以會想到筆名之類的事。」

我其實不知道她寫什麼，但一時也不好問她。這時司機像對我做手勢要想借一步說話，我請蘭沁稍坐，便到一旁，司機用帶著廣東口音的普通話跟我說：「先生呀，你能不能要這位小姐不要穿褲子？」我說什麼？他急了，用結結巴巴的普通話說：「係不要穿那種褲子，路不好走，也許會磨破的。」我問：「是磨破褲子嗎？」他搖頭指指裡面，笑著說：「係屁股啦。」說完臉都紅了。我終於知道路況不好，連續顛簸的話，緊身的牛仔褲恐怕真會磨破皮肉的，便告訴蘭沁這件事。她聽了也覺好笑，就借我浴室進去換了條寬鬆的褲子，是黑色的，也換了上衣，是件白色帶綠碎花的襯衫，看到我們笑著說這回可以了吧。這下我看清了她，她畫了眼影，也畫了點鼻影，才使得遠處看是眼大鼻挺的。我們同下樓辦退房手續，就出發了。

是部還算新的中型麵包車，可以載六七個人的，現在只我們兩個客人，覺得很寬裕，蘭沁與我坐在中間，後座放行李。車子往廣東的西南開，過了一個不小的城市之後又朝西北開。車子還在城裡轉的時候，蘭沁問司機這兒是哪兒，司機說：「係肛門啦。」引得我們一陣詫異，幸好不久看到路標上「江門市」三個字，才知道江門這兩字用廣東話唸就是「肛門」，不由得又引起一陣笑。出了城不久，就慢慢進入荒蕪了，但究竟在南方，多雨的緣故，再荒涼也是一片綠蔭，只有靠路邊的草木被灰塵遮蓋，顯得髒兮兮灰濛濛的，稍遠就好了。

接下來的路況確實不好，行走時得避開路面的坑洞，要不斷蛇行。沿路經過的很少有像我們一樣的小型車，都是極大的貨車，樣子凶惡又醜陋無比，車子負荷過重，有些車子必須把引擎蓋掀開，讓整個引擎裸露以便散熱，發著極大的噪音。有一次我們前面卡車的水箱好像破了，蒸氣洩出，弄得車子前面霧茫茫一片，司機只得停下車來，要助手到田裡去打水，打來的水急急澆到水箱與引擎上，車子必須冷卻到一個程度才能再走。我們往往被這突然停下的大車子阻斷了去路，對方車道不斷有來車，一點也不打算讓我們，再加上路面凹陷，小車輪子小，不太敢走，我們有時會被擋住半個鐘頭，才能從一部受困的貨車後面脫身。

有時大卡車停在那兒，不見得是引擎的問題，而是貨車載重過重，輪子陷進路面泥塘中進退不得。在這狀況下，除非卸下一些貨，車子才能走動，但車上載的是成噸的石材，車上沒有起重機，靠人力是搬不動的，這部車就可能在這兒耽誤得更久了。這附近有幾個石礦區，生產建築石材，有的是大理石，有的又像花崗石，花紋很粗，看起來不是上等的石材。偶爾有客運車經過，都是缺門缺窗的那種，擠滿了面無表情的人，得把貨物行李還有家畜的籠子放在車頂，危顛顛的，好像隨時會出車禍，但沒有人去管它。

沿路偶有人煙，張著亂糟糟的看板，上面用歪斜的簡體字寫著「下車吃飯」，有時還把菜單羅列出來，不出狗肉、貓肉、蛇之類的菜色。有一次我們車子停在這類看板前面好一陣子，在此之前，蘭沁正在說她朗誦詩歌的事，她剛上車不久就告訴我她是詩人了。

她說有一次她朗讀自己的詩，結束時一對男女來跟她熱情的攀談，說對她如何崇拜的話，女的來牽她手，男的卻趁靠近時親吻了她。我本來不想問的，但她停在那兒彷彿等著我問，我只得問感覺怎麼樣？她說怪怪的，嘴唇被他的鬍渣刺著了有點痛，但她立刻說也不能怪他，因為讓他感動的那首詩正好是一首描寫情慾的詩呀，說完在座位上搖了搖身子，發浪的笑了。我有點想問，他是被你的詩感動或是被他自己的情慾驅動呢，但這話沒說出口，也不知道該笑或不該笑，我對現代詩是門外漢。當時車窗外正是斗大的貓肉狗肉的字樣，我擔心她會有什麼反應，她倒見怪不怪的，隨即問我吃過貓肉沒有？我搖頭，她又問狗呢？我說有一次在完全不知情的狀況下吃過，後來知道了，也跟其他肉類沒太大的不同，但沒有自己主動吃過。她說這次到廣西，好像要避也避不開的了，聽說廣西人是什麼都吃的，說完又談她朗讀自己詩的事，她似乎最在意的是她的詩，畢竟她是個詩人，我想。

慢慢進入山區了，路況更為險峻，又下起大雨來。有一陣，擋風玻璃前的雨刷開到最快也沒用，司機只好把車開到路面高處暫停，打算雨小了再繼續行程。我們在車上吃司機幫我們預備的飯盒，我問蘭沁怎麼會要到廣西去，她說楊其方是她丈夫的好友，在台灣的時候就邀他們夫婦去玩，這次她到大陸旅行，便「順便」到廣西看看這位事業有成的朋友，我又問她丈夫呢，她說他在台灣，他們夫婦一向各自行動的。

雨小了，車子終於可開了。但路上窪地都成了大小水塘，車子必須更小心開過。大約在下午三點多的時候，我們還沒有走到廣西的邊界。司機擔心剛才的一場大雨會把邊界的山路弄斷，因為前幾天那裡就曾發生過嚴重的坍方，大陸人叫坍方做塌方，我問沒有其他路可走嗎？他說有路，但得繞了，有條路得回江門朝北經肇慶到廣西的浯州再南下，比這條路要長兩倍，而且也不保證能暢通。我已有點後悔，這次真不該來的，我看蘭沁，她還好，沒有心浮氣躁的模樣。司機不斷用手機與他路上熟識的人連絡，最新的消息是果然又「塌方」了，邊界的路已確告不通。他忙著與玉林的楊其方通話，告以詳情，楊其方要我接聽，說了一大堆對不起的話，也跟蘭沁說了同樣的，說司機是他十分熟識的人，很可靠的，要我們不要擔心，路不通大約很快會修通，最多耽誤一天，他請司機帶我們到附近的一個地方，晚上就住在那兒，預料明天會通車，就晚一天到也沒什麼不可吧，他問，我與蘭沁都禮貌的說沒關係。

司機說如果路不通，不如我們先趕到今晚的住處，他說他是這地區的人，各地方都算熟了，要我們不要擔心。他又打電話，跟我們說從這裡朝北開一個多小時有個地方叫做通義，地勢很高，是個山城，那裡有像樣的住的地方，他說以前接待過朋友去住的，楊先生也住過，問我們「轉往」該處如何？我們不置可否，他又連絡楊其方，楊要他把電話給我，在電話中說那地方很乾淨又有吃的，他會打電話給那邊的賓館，要他們好好準備。我們其實無處可去，我與蘭沁都只得說好，司機便轉支線往通義走了。

支線的路況好多了，原來主線公路全是被超重的大卡車壓壞的。看得出越走越高，過了約莫一個多小時，終於到了通義，是一個石塊堆成的小城。司機說以前這裡鬧土匪，必須構築防禦工事，每間房子都得建得牢固，門窗開得很小，幾個房子之間都有一個可供瞭望的高塔，廣東山區這類型的建築很多。這兒不太像中國，不論建築的風格與路上的風景，連空氣的透明程度，都好像與別地不同似的，恍惚之間，像到了外國。但看到路上行人都是黃面孔，所說的也都是廣東話，才意識這是一個有異於其他地方的小城罷了。

車子在一處拐彎的地方停下，司機請我們下車，說賓館在上面，這段路很窄，又有很多階梯，我們便各自到後座拿行李。司機客氣的要幫蘭沁拎，她起先不肯，後來還是肯了。司機說從這裡到賓館原來有大路可通的，這個月在鋪路，所以不通。這條有階梯的巷子不寬，兩旁住有人家，中間還有幾家很小的雜貨鋪。

我們經過一家辦喪事的家庭，喪家的棺材停放在他家的門口，幾個女人在旁邊哭哭啼啼的，幾個男的擠在巷道上燒紙，我們必須斜著身子才走得過去。棺木前首是一張放大的黑白照，是個年輕的男人，一頭烏髮，樣子英挺，嘴角還浮著一絲淺笑，拍這照片時，他無疑還是自信滿滿的。我看蘭沁，她也朝我看了一眼，沒做任何表情繼續走路。我回頭問司機這兒還興用土葬嗎？他說弄副棺材讓家人祭拜一下，是充場面的，拜完還是拿火燒了，但他說也還有土葬，據說要「省批」才可以的，是了不起的人物才弄得到的，不過他又說，也有人偷偷拿去土葬，沒發現就算了，發現了就多花些銀子吧，反正人都死了，就算共產黨，刨墳也算忌諱，法令也可睜隻眼閉隻眼的，他說。

賓館是個兩層水泥建築，表面漆成白色，我們的房間安排在樓上，司機的在樓下，住房的客人好像不多，建築不大，也顯得空蕩蕩的。我把東西安頓好，是間臨街的房間，如不拉起窗簾，就與對街的鄰窗相望，另一邊的窗戶可以看到遠山，床單與枕頭都有霉味，但只住一晚，只好將就了。不一會兒蘭沁衝入我房間，說她那間的浴室沒水，問我這間有沒有，我試了一下，說有，她問熱水呢，我說沒有。我到樓下櫃台問，那裡有一男一女，他們說「女同志」的那間壞了，抽水馬桶倒沒壞，我那間一切正常，我說我試了沒有熱水，那個男的說熱水要晚上九點才有，只供應一個小時。我上樓把消息告訴蘭沁，問她想不想換房間，她說算了，到時候洗澡到我這兒洗好了。

後來我才知道賓館只我們三個客人，廚房就不特別供應我們吃食了，要吃的話，就得到外面吃。晚餐時分，司機帶我們到一家也許是這裡唯一的餐廳。司機特別告訴他們我們的口忌，要他們盡量做淡一點，而上來的菜還是大油大醬的那種，倒是這裡的米飯很好，顆粒飽滿又十分白淨，我連吃了兩碗，我看蘭沁也在不斷扒飯，我們在外一整天，也確實餓了。

餐廳除了我們之外，還有兩桌客人，吃的比我們豐富許多，都是有菜有酒的。我們正在上菜的時候，一桌客人不知什麼緣故爭吵起來，因為講的是廣東話，又講得快，不知道他們吵的是什麼，司機看著我說他們喝多了，沒多久他們不吵了，又掏心掏肺的連續灌起對方與自己的酒來，把場面弄得開懷又熱鬧，像沒發生任何事一樣。另一桌的客人則穿著素淨，都默默的吃菜，一個中年男人不時往我們這裡看，也許是因為我們的新鮮面孔吧，我想。

我們從餐廳出來，天突然放晴了，是黃昏時分，落霞滿天。我們問司機這條路往上走會走到哪兒，他說通義就這一條街，街的盡頭有個牧場，有塊高地可以望遠，我看看蘭沁說我們想走一走，他說他還有事要張羅，就不陪了，賓館就在另一個盡頭，他就在賓館等我們吧。

街上沒太多人，路也乾淨，我們終於走到司機所說牧場後的高地，趕上了落日。走路的時候蘭沁問我這次來大陸是幹什麼的，我把開會的事告訴了她，她調侃我說，想不到遇到個大主編呢，我沒有答她。碰到日落的短時燦爛，一度紅霞滿天，不一會兒，天暗了下來，還看得見有一群大鳥在遙遠的天際飛著，如果是留鳥的話，也該落巢了，我心裡想。等了一會兒，有點起風了，帶來一點涼意，我說我們該回去了吧，她小聲說好。在回程路上，我聽到她在唱歌，聽得出來，是一首歌名叫〈夏日最後的玫瑰〉的歌。記得高中時，音樂課本裡有這首，歌詞是翻譯成中文的，但老師沒有教過，讀大學時參加合唱團，一次練習曾經唱過，是用英文唱的，到大學時才知道這首歌的歌詞，是頂頂有名寫*Utopia*的湯瑪士・摩爾寫的，但現在已記不得全首，只記得前面幾句了：

'Tis the last rose of summer,（夏日最後的玫瑰）

Left blooming all alone,（枝頭獨自綻放）
All her lovely companions（所有美麗夥伴）
Are faded and gone.（都已凋零消亡）

歌詞有點悲哀。我悠悠的跟著唱，她聽我也會唱，顯得有些詫異，隨即把聲音略略放大了，原來她有副好歌喉呢，歌唱聲中我們回到賓館。

二

一到賓館大門，我們的司機正交頭接耳的跟三個男人在說話，一看我們回來，都停了下來，三個男人都靜肅的站到一邊去。司機神色有異，表示有事要找我談，問我可以在這兒說嗎？我問什麼事，是路通了可以上車走了嗎？他搖頭說這事稍稍複雜了點，恐怕一下子說不清楚。他又指了指三位男士說，他們誠懇請託，假如我們辦得到的話，幫一幫他們不知可不可以？司機一下看他們三位男士，一下看我與蘭沁，吞吞吐吐的，聽得我一頭霧水。司機請我們進賓館的大廳，說是大廳，一點也不像，只幾把塑膠皮的沙發，靠窗的地方，有個顯然缺乏日照葉子泛黑的盆栽，屋內燈光很暗。我與蘭沁共坐，司機看我們坐下，就在我一邊的單張沙發坐下，另一把沙發只容兩人坐，那三人讓了讓，一人拖來一把藤椅，才都坐定，我記得坐在我對座的是剛才在餐廳裡看我們的男人。司機說：

「是這樣的，剛才我們在吃飯的時候，他們就坐在我們鄰桌。」我對座的男人朝我尷尬的笑了笑，司機介紹我們認識。說他是容向東，容是容易的容，這附近很多姓容的，向東是向著東方，光聽名字就知道他出生的年代，另外兩人也姓容，是容向東的堂兄弟之類的，之於我，我還沒回來他們已知道了。司機乾咳了一聲對著我說：

「先生，我就長話短說吧。是這樣的，這位容先生的親哥哥到深圳工作多年，做到工廠副理的位置。去年底在工廠指揮大修，不小心被一條掉下來的高壓電電死了，這事確實不幸，不是誰的過錯，公司賠了不少錢，也幫忙把後事都處理好了。但大家都不敢把這消息告訴他嫂子，因為他嫂子患了個絕症叫做癌症，已經到了末期了。現在他嫂子天天在喚她丈夫，想見最後一面，鄉下醫生不知道這事，也說該讓她見他一面能安心的走，留下一個還不懂事的兒子，有時也會喊爸爸的。」

「這事跟我們有什麼關係呢？」我問。

「說起來一點關係也沒有。剛才容向東他們陪一位長輩在店裡吃飯，看到先生您，就驚訝您長得跟他哥哥相像，說彷彿一個模子倒出來似的，其他長輩親友也說像。」司機說這些話時，前面的幾個男人不住點頭，趁這機會，我仔細端詳了我前面的容向東，穿的是粗布衣褲，但很乾淨，眉宇之間，有點英氣，不像鄉下所見，頭髮也梳得整齊，像個讀書人。

「先生，您在聽嗎？」我點點頭，他繼續說：

「他們想請先生您到他家一趟，暫時權充容向東的哥哥一下，反正如他們所說已是彌留狀態了，天又暗，讓他嫂子見她丈夫最後一面，也就死而無憾了，您看怎麼樣？」

我覺得這事來得突然又荒唐，說：「你是說讓我去做一下騙子？」我覺得這話說得太重，連忙補充說：「就算做一個善意的騙子，也不好吧？」

「也不能這麼說，因為騙子要騙人東西，我們什麼也不要。但您說的善意是對的。他嫂嫂已沒兩天可活了，在她歸去的時刻，讓她覺得丈夫還在、兒子有托，這比什麼都好的，是不是？」

這事對他們家人而言還確實複雜，要請人去冒充一個人，確是困難重重的，何況要人冒充的是一個已死的人，則更是荒誕了。但困難是對他們那一邊，對我來說，卻再簡單不過了，是去或是不去，權力掌握在我手上。

我想到一個臨終病人的最後場面，就算是我主動來演這場戲，場面還是會有點駭人，但這事不見得無趣，對我也不致造成任何損害，因為我不是個迷信的人，這是我答應去的話。當然我如顧慮節外生枝的話，可以拒絕去。這事很難預料不會節外生枝的，譬如臨死的婦人真的把我認成她的丈夫，突然跳起來緊抱著我，我該怎麼辦呢。但我想到，真遇到這場面，容向東他們一定會幫我處理，我看他面目忠厚，不是狡獪類型的人。這時候我正好與他四目相對，原來他也在焦急的看著我，我直覺他眼中祈求的眼光是真的。我回頭看坐在我左邊的蘭沁，她有點強作笑容的問：「怎麼辦呢？」我說：「做事決斷一點，好，就去一趟吧。」心想因為完全不合理，所以有點好玩，但這話沒說出口，想不到她開顏的說：「那也好。」

如果不是騙局也是在演一場戲，我問要準備些什麼嗎，譬如要換衣服之類的？

容向東說他們已經告訴他嫂子說哥哥已回（反正這事已經說過很多次了，因為嫂子神志不清），她如果見到哥哥一面，也許就含笑而終，立刻上登極樂了，所以我們無須任何準備的。他說「我們」，把我與他們三人包羅在一起了，整體感讓我覺得有一點窩心。我說好，就請三位引路吧，便站起來。司機說也要去，我回頭看蘭沁，她說她也要去，我低聲問她也許很怕人的，你敢跟嗎？她說：「就是擔心你害怕，可以幫你壯膽呀！」

天已早全暗了，路上很黑，他們三人帶著手電筒，一路照著，遇到凹凸路面隨時發出警告，說小心有石頭、小心有水塘之類的話，都是用普通話說給我們聽的。讓我想起這情況跟出殯時孝子引棺木過橋，會不時喊親人的稱號，說「我們要過橋囉、要拐彎囉」一樣，氣氛有點怪異，又有點好笑。黑暗中，我突然發現，蘭沁的手一直緊牽著我。

終於來到他們家門口，是個一般石造房子，前面一個院子，也鋪著不很整齊的石塊，他們引我與蘭沁進入，這時候她的手才鬆開。容向東在一個房間門前，用詢問的方式朝我點了一下頭，好像問我可以進去了嗎？我猶豫了一下，終於點頭，心想既來了，凡事要果決一點。他拉開門上的布簾說：「嫂嫂，大哥回來了。」是用廣東話說的，但我們都聽得懂。

一隻四十燭光的電燈大剌剌的照在床上，房間除了床，幾乎沒有任何東西了。厚厚的棉被與高枕中間，露出一個幾乎已沒有頭髮的女人的頭部，她的面孔上只剩一張臘黃發綠的皮膚，只在嘴唇的部分還有一點浮出的筋肉。在我被推向她床邊的時候，她的眼睛一直閉著。容向東不斷朝她呼叫，重複說大哥回來了，隔了一會兒，她才費力的張開眼睛，她在容向東指引下轉睛看我，起初眼神有點渙散，但當她對準我之後，想不到目光一下子變得凌厲起來。

我很難形容她眼中所流露出來的，也許有驚訝、驚慌、喜悅與厭惡，或者什麼都有，或者什麼也不是，但對她前面的人，尤其是對我表示的厭棄成份，卻是確定的，這很合理，因為我是丈夫，卻在她病危時不回來。我遊目四看，非不得已，不與她目光相觸，因為那眼神確實令人不舒服，雖然我知道她厭棄的對象是她的丈夫，跟我無關，我只是發好心配合著演出這場戲罷了。

不久她被棉被壓著的手掙扎要伸出來，容向東幫她拉出，是右手，已瘦到只剩幾根骨頭了。她喉嚨低聲咕嚕著，彷彿要說話，容向東問嫂嫂要說什麼？嫂嫂要說什麼？她奮力的說了一個字「你」便停了，容向東在她耳邊溫柔的說：

「嫂嫂慢慢說。」想不到她舉起的手指向我旁邊的蘭沁，用顫抖的聲音說出完整的四個字，那四個字是：「你有女人！」是廣東話，但任誰都懂，說完手還高舉著，幾乎碰到蘭沁的身體，但畢竟太虛弱了，終於頹然落下。她的眼光開始渙散，最後緊閉起來，不管容向東怎麼叫喚，就再也不睜開了。

我們在靜默的床邊站了一刻，氣氛凝肅又尷尬。床上的人無意再看我們，司機擠向前打破沉默，說我們可以走了吧？容向東將他嫂子的手重新放進棉被裡，停了一下抬頭朝我們點頭，我們便退步離開房間，走到有些冷的院子裡。

容向東的堂兄弟也出來了，說要送我們回賓館，我說讓我們透一下氣吧，決定自己回去，司機向他們借了隻電筒，我們三人便走了。

三

再也沒有比這件事更荒謬又夾纏的了。我只是假扮成女人的丈夫，去安慰一個將死的她，但她對丈夫的懷恨與怨懟，卻像鬼一般的轉移到我身上來了。我一生好像從沒有面對這麼狠毒的眼光，一次也沒有，但我這「代理人」沒法子接納這個狠毒的眼光、也沒法子拒絕它，就算被我代理的人也沒有，因為他已早死了。

我對我所假扮的對象毫無概念，只被人說是長得與他有些相像罷了，這在平時很容易遭人拆穿，幸虧面對的是一個神志不清的女人，又有夜晚掩護，才可以蒙混過關。但過關了又怎麼樣呢，對那病人而言，卻是真正的不幸，這場原本以為充滿善意的相見其實比不見要好，她看見丈夫旁邊的女人，不由得把身上只剩一點的力氣都花費在這無聊的妒意上了。

是不是蒙混過關了，卻還是個疑團，也許那重病的女人早看穿了我們的詭計，只是沒有力氣來拆穿我們，勉強說了一句，是要我們早早散場罷了。如果真是這樣，對她倒沒傷害到什麼了，在她而言，只是直到最後仍無丈夫音訊而已，丈夫沒有音訊，不見得一定是壞事，至少比他帶一個女人來送自己的終要好。但，不太可能。

因為那種怨恨與毒辣的眼神，是我從未見過的，我相信那是源發自她生命最底層的靈魂深處，是裝不出來的，這麼說來，她就算落入我們設下的圈套中了，我們的詭計也算是得逞了，也就是她真的相信她丈夫還活著，兒子有托。但她也可能想到，兒子有「後母」，也許比沒有更為可怕。它使我們想到，我們曾強調的「善意」究竟實落在何處呢？在容向東三人這方面，純粹的善意應該是可信的，而我們三人的就有可議之處了，我們做這件事都多少有一點想探奇搜密的意圖，就算臨場有驚恐，也在預期之內。在我們而言，善意不能說沒有，卻並不堅實，老實說吧，善意也不是我們的本旨。而且最重要的事，這號稱善意的事件，結局離所謂的善確實太遠了，我想容向東如果早知如此，絕不會想要有此一舉的。

我們三人回到賓館，路上有風，越來越冷了。司機問櫃台還有沒有熱水，櫃台的人說因為沒有客人，熱水到現在還沒開，我們回來了，就開給我們用吧，說要二十分鐘之後才可以用。我與蘭沁回到樓上各自的房間。

我和衣躺在有霉味的床上，房間燈光幽暗，大約只有二十燭光。遠處傳來一些蟲語鳥鳴，一種鳥鳴像報時一樣，隔幾秒叫一聲，是都市或我們台灣鄉下聽不到的。剛才的一幕，一下子還離不開自己的腦海，視線有幾條是重疊的，看得到的不是真實，還有些是遺漏掉的，我知道遺漏的比看到的更為重要，但遺漏的究竟是什麼，一時好像也拼湊不起來。

突然有人在敲門，是蘭沁，她說我該記得邀她來洗澡的，我記起來了，她房間的熱水不通。我到我的浴室試了試水溫，覺得水已熱了，跟她說：「你帶來換洗衣服了嗎？水已經可用了。」她要我先用，我想也好，我可趁機把浴室清理乾淨。我洗完不久她又來了，這次手中帶著一個毛巾包。

我退出房間，這樣她可以用得暢快些，我浴室的門關不緊。賓館其他地方又狹又暗，幾乎無處可去，我只有回到一樓有沙發的地方，那兒的燈還是亮的。見容向東他們時，我注意沙發邊上角落有一個放書報的小櫃，也許可找到些東西來打發時間。我不知道司機的房間在哪兒，櫃台也空無一人，只聽到大廳幽暗的燈光下有個電子鐘在滴答作響，一看已經十一點半了。

小櫃上的報紙已被清走，只留下幾本破書，有兩本中共第幾大會議的書面資料，以及廣東省委發的一些宣傳文件，都是些沒人要看的東西。壓在書堆下面，我發現了一本台灣印刷的書，書上面寫著《兒童讀經課本第一冊・論語》，內頁不但是正體字而且是直排的，還自帶注音符號，只是只有文本與標點，沒有注解，也沒有白話翻譯。像這樣一本書，在這個世界的角落，會有人去看它嗎？但我看〈八佾〉篇以後有幾張被膠帶與漿糊補過，有些文字旁邊畫有線條，還有幾個被標上大陸人使用的漢語拼音，用的是原子筆或鉛筆，大小不一，

INK PUBLISHING

讀者服務卡

您買的書是：＿＿＿＿＿＿＿＿＿＿＿＿＿＿＿＿＿＿＿＿

生日：　　年　　月　　日

學歷：□國中　□高中　□大專　□研究所（含以上）

職業：□學生　□軍警公教　□服務業

□工　□商　□大衆傳播

□SOHO族　□學生　□其他＿＿＿＿＿＿

購書方式：□門市＿＿＿書店　□網路書店　□親友贈送　□其他＿＿＿

購書原因：□題材吸引　□價格實在　□力挺作者　□設計新穎

□就愛印刻　□其他＿＿＿＿＿＿＿＿（可複選）

購買日期：＿＿＿＿年＿＿＿＿月＿＿＿＿日

你從哪裡得知本書：□書店　□報紙　□雜誌　□網路　□親友介紹

□DM傳單　□廣播　□電視　□其他

你對本書的評價：（請填代號　1.非常滿意　2.滿意　3.普通　4.不滿意）

書名＿＿＿　內容＿＿＿　封面設計＿＿＿　版面設計＿＿＿

讀完本書後您覺得：

1.□非常喜歡　2.□喜歡　3.□普通　4.□不喜歡　5.□非常不喜歡

您對於本書建議：

感謝您的惠顧，為了提供更好的服務，請填妥各欄資料，將讀者服務卡直接寄或傳真本社，歡迎加入「印刻文學臉書粉絲專頁」：http://www.facebook.com/YinKeWenXue 和舒讀網（http://www.sudu.cc），我們將隨時提供最新的出版活動等相關訊息與購書優惠。

讀者服務專線：（02）2228-1626　讀者傳真專線：（02）2228-1598

廣	告	回	信
板橋郵局登記證			
板橋廣字第83號			
免	貼	郵	票

舒讀網「碼」上看

235-62

新北市中和區中正路800號13樓之3

印刻文學生活雜誌出版有限公司　收

讀者服務部

姓名：＿＿＿＿＿＿＿＿ 性別：□男　□女

郵遞區號：＿＿＿＿＿＿＿＿

地址：＿＿＿＿＿＿＿＿

電話：（日）＿＿＿＿＿＿＿＿（夜）＿＿＿＿＿＿＿＿

傳真：＿＿＿＿＿＿＿＿

e-mail：＿＿＿＿＿＿＿＿

INK

不像一個人的筆跡，有幾章的章首還被標著圓圈或星星的圖樣，從這些痕跡看來，這本書顯然有人讀過看過，而且不只一人。

到底還有誰會讀像這樣的書呢，尤其在一個曾把舊思想破壞得這麼徹底的地方？書中所記的是兩千五百多年之前的事，就算沒有人為的破壞，在這個時代，還有誰對它有興趣呢？世上有很多事是無法解釋的，已死的古典，好像並沒有完全死透，隨時會找個空隙重新試探它再生的可能。那麼人呢？我想起剛不久之前的經歷，我們在一個人面前串演一場荒謬的戲劇，不是由於要安慰一個即將病死的女人嗎？但我們對她到底提供了什麼呢？

房子外面風轉大了，把賓館的門窗震得則則作響，窗外沒有燈光。我彷彿聽到樓上有重物相擊的聲音，像有東西掉到地上，便意識到蘭沁在我的浴室洗澡，不知道她是否跌倒了，便急奔上樓。我的房門是關著的，我輕敲幾下，沒有回應，等了一下才把房門推開，發現蘭沁躺在我床上。等我走近，她輕聲說她的房間聽得到後山獸類的叫聲，感覺怕怕的。

我看著躺著顯得無助的她，有點疼惜起來。同樣躺在床上，這個無疑是有血有肉的了，但多麼不幸我把她與那個女人的圖像疊在一起。我一直沒想到她在這場荒謬劇中的角色，她無疑是個最無辜的受害者，假如那個女人就此懷恨而終的話，要化做厲鬼來索債的，第一個對象必定是她，她有什麼罪呢？只不過適巧站在我旁邊而已。她問我能不能關燈。

我其實還無法從剛才的處境掙脫，熄燈後的擁抱與愛撫，耳邊不斷的她的低語，並沒有辦法幫我忘了先前那一幕。垂死女人說完話後緊閉起眼睛的模樣，讓我想起一家博物館裡女屍的頭像，保存好的屍體，好像透露她有極強的意志，隔上幾千年，都不讓它腐朽掉。她用身體溫暖著我，用潮濕的嘴親吻我的頸與胸部，我的頭高枕在枕上，注意玻璃窗也在響，由於室內沒有燈光，可以透過一扇窗看到屋子外面。外面的天象顯得奇詭，雲飛得很快，沒雲的地方有月光，而更遠處雲堆之間又偶有閃電，斷斷續續的，顯示明天的天氣也不會穩定。直到最後，困乏趕走了腦中的夢魘，隱隱中，我發現終於可以了。我奮力的跟她做完，側躺在她旁邊睡著了，記得手貼在她柔軟的腹部，直到快黎明的時候醒來，發現她早已回去她的房間。

四

第二天一早的第一個消息是往玉林的路依然不通，楊其方與我通電話，說還有他路可選擇，但實在太遠，就不敢勉強了。不久蘭沁起來，也知道這消息，我們便與司機商議決定，這次不去玉林了，電話中楊其方請他送我們回廣州，然後由我們自理自己的往後的旅程，我們的廣西之行，算是「出師未捷」了。

我們在大約十點的時候準備出發到山下登車，臨行我想起昨晚的故事，有一點掛記那位臥病的女人後來到底怎麼了。司機找賓館的人問，找到容向東的電話，打了過去，容向東聽說我們要走，請我們等一下，說他立刻來跟我們見面。不一會兒他來了，這次是一個人，他看到我，緊握我手，口裡不斷稱謝。我們問他的嫂子怎麼了？他說想不到我們走了很久，大概半夜時候，他嫂子悠悠的醒過來了，說口渴要喝水，大家忙著餵她喝了點湯水，隔了陣，她的臉孔第一次有了點血色。她想說話，這次不必那麼費力，聲音很小，但都聽得著。她說：「剛才在夢中看到你大哥了，他很好，我就安心了。」又說：「還看到你大哥帶著一個女的。」

容向東說到這兒停了下來，蘭沁說還說了些什麼呢？他說，就沒再說了。他推測是她知道她丈夫特別帶一個女的來給她看，好讓她安心孩子不會沒人照顧，說完話，就安詳的睡著了，而且鼻息安穩，一直到現在還沒醒來呢。

蘭沁說：「也許會好起來了。」

「一切都很難說的。」容向東用帶著廣東腔的普通話說：「我們覺得好，是我嫂嫂自己都確定自己要死了，這樣可以比較安心的走。但如果她真好了，會諒一個有女人的丈夫嗎？但這事其實無法追究的，因為她以為活著的丈夫其實早死了，她以為存在的故事是不存在的。反正很亂，所有的事情都很亂，不過再亂，也會有應付的辦法，不是嗎？」他最後一句，無疑是說給自己聽的。停了好一陣子，我們都無言以對，他的結論是：

「這事多想無益，只有走一步算一步了。」

我覺得也是如此，他對我們又感謝了一陣，便與我們告別了。我覺得這個「結局」也許是暫時性的，但對我們言是好消息，至少讓蘭沁無須擔心有厲鬼來找她索債。我們提著行李走過昨天的階梯巷子，氣氛有點不正常，蘭沁像有心事，走得離我們很遠，我突然想起她昨天唱〈夏日最後的玫瑰〉的模樣。狹窄巷子上的雜貨鋪子兼賣菜，旁邊還有一個肉攤，零零星星的堆著幾塊不知是豬或羊的肉，肉攤主人在趕蒼蠅，有人正在旁買東西，也有幾個人在閒聊。喪家門口則是空蕩蕩的，棺材已經移除，哭喪的人也散去了，也許在昨晚之前，一切都處理完畢了吧。

我們的回程跟來程其實一樣長，與來程不同的是，我們三人幾乎全都閉著嘴，沒再多說話。

土水

阿堯

一　入神

台灣一般把泥水工稱為做土水的，所以土水阿堯前面的土水二字，就是指他的職業，這就跟叫人賣菜阿花與修鞋老猴是一樣的，至於後面的阿堯，是指他正式名字裡應該有個堯字，他正式名字或者姓什麼，卻也沒什麼人知道。

阿堯十分黑，這黑不是曬出來的，而是出娘胎就黑了。不只他黑，他父親也是有名的黑，大家不叫他名字只叫他黑仙，黑仙在廟口擺小攤，賣些香燭紙錢之類的，有時廟裡陣頭缺角，也去幫忙敲鑼打鼓。土水阿堯跟他父親不同的是他父親瘦得很，而阿堯生下來就大塊頭，又胖又壯，光從體型上講，誰也認不出是他的孩子，但一看膚色，就不由人不信了。

叫他土水阿堯，其實有點抬舉了他。他不能算是真正的泥水工，要他砌牆，總是砌不直，要他抹水泥，他也永遠抹不平，這兩項是泥水工最起碼的本事，卻也最難。算起來他在這行上還沒出師，不過他也沒讓人真的教過，所以也沒有出不出師的問題。他跟一群做土水的做了很久，都做擔沙挑磚混拌水泥的工作，有時

「師父」要抹牆，他從下面用長勺一瓢瓢的把水泥舀到師父的手板中，這只需要力氣，不需要技術，他做的土水，大致指這類的工作而言。

有時臨時需要一個泥水工，只要修補一下路面或溝沿的水泥，這工作無須請技術好的工人，也會輪到阿堯身上。遇到不計較的主人，給的錢不少，阿堯跟他的家人就很高興，萬一遇到挑剔的主人嫌東嫌西，給的錢又很少，還會挨罵，阿堯也不在意。阿堯當兵回來，還跟父母住在一起，有人來叫，就去重操舊業，當年台灣經濟很好，到處都有建設，只要手腳勤快，沒有找不到工作的。

有一次附近有家人的化糞池破了，沒化完的糞水排到溝裡，而溝又不太通，弄得整條巷子臭氣沖天。主人知道問題出在哪裡，上次請人來修過，那工人沒等水泥乾了就把水管接通，弄得失了效，這次只要把化糞池的汙水抽乾，在原來的地方再補上水泥就成了。但這工程雖是簡單卻一直找不到泥水工來做，那時候工人有接不完的生意，成天忙得不得了，這工作又臭又髒，自然沒人想做。後來有人找上阿堯，他那幾天正閒著，問起他能做，就搬出許多好話來求他，他不好意思拒絕，就答應去做了。

阿堯先叫一部抽糞車把滿池的糞尿抽光，自己跳下去用清水清洗破洞的部分，都清洗乾淨了，再以水泥補上，要主人停一天不沖水，第二天使用就一切正常了。這次「工程」使土水阿堯得到很好的「商譽」，雖然做的是粗工，卻是別人不敢或不願意做的。人每天拉屎撒尿，廁所沒不壞的道理，以後鄰里廁所有問題常來找阿堯解決，慢慢的，他的工作從一般的泥水工轉為專修化糞池的專家，除了總是弄得一身臭之外，其他沒什麼不好，至少收入比以前要多了。

有人說與屎尿為鄰會多病，但阿堯身體偉壯，好像百毒不侵的樣子。他特別剃了個光頭，不讓它藏汙納垢，每次從糞坑爬出，先在冷水龍頭下沖洗一遍，回家再用洗衣服的南僑肥皂把頭腳重洗一次，就乾乾淨淨了，就算還有點味道，他們一家的鼻子都不靈光，他跟大家如常的吃飯睡覺，家裡人都不嫌他。

有一年暑假他去清理一個學校的化糞池，那個化糞池太大了，請了兩台抽糞車同時從好幾個洞抽，抽了一整天才抽乾，第二天他穿著雨鞋帶著手電筒走進去，先檢查每個池的通路是否暢順，有的地方水泥隔板沒隔好，必須再用水泥填補。也許因為裡面分隔太多，又有些地方沒抽乾淨，再加上暑假廁所沒人使用，死角還藏著一些有毒的沼氣，阿堯進去了一個多小時都沒出來，外面負責接應的同伴叫他沒有反應，覺得有異，馬上請救援，最後動用帶著氧氣面罩的消防隊員把他抬了出來，送到醫院，幸好保住了性命，醫生說再過幾分鐘就沒救了。

在外找救兵的同伴跟人說，阿堯被找到時已沒有呼吸，抬出來時臉上戴著氧氣罩，他原本就黑，但當時黑裡泛白，跟死人沒兩樣。按醫師的說法是，到醫院時阿堯還有呼吸，也有脈搏，只是呼吸脈搏都微弱，他的血含氧量低，因為阿堯身體好才頂住了，一般人是頂不住的，所以阿堯也算是從鬼門關裡走了一回。阿堯出院後還在家裡躺了一個禮拜，這是他第一次爬不起床來。

過了約莫一個禮拜，阿堯能下床了，但身子晃晃悠悠的，說起話來也有點不三不四的含糊。他父親黑仙帶他到醫院複診，醫生說也許腦子受損，要復元不是那麼快的，可能要拖一陣，隔了一下又說，這毛病說不準，也許一輩子都好不了，要黑仙有心理準備。黑仙一想這樣完了，現在一家生活，都靠阿堯不定期的收入，他廟口的小攤早收攤了，假如阿堯不能再做，一家要怎麼辦。

黑仙跟左鄰右舍商量，結論是要黑仙帶阿堯到廟裡問一問。這廟裡的主神曹府王爺庇祐附近居民闔家平安已經上百年，每年六月初七王爺生日都有盛會，附近十里之內大小廟宇的主神都會親來與會，大小陣頭滿坑滿谷，總要鬧上三整天才完。黑仙一帶阿堯進廟，想不到平常木訥的阿堯就不停的講起話來，嘴裡碎碎念，聲音不大，也聽不懂他講些什麼。黑仙沒理他，請廟公幫他做了一個簡單的法事，不外消災解厄的尋常手續，回家後，讓阿堯上床靜養。

也不知道什麼原因，從廟出來，阿堯癡癡呆呆的竟然像有神明附身，盡說些讓人聽不懂的話。有時讓你覺得他瘋了，有時又不那麼瘋，瘋時的話誰也不懂，不那麼瘋時，說的話還是可以懂的，譬如他老是喜歡猜人身上帶了多少錢，往往猜得不錯。有一個人手裡握了一把銀角子，問阿堯你知道裡面有多少，他看拳頭，就猜出裡面一元、五角及一角的各有幾個，一共是多少錢，總數竟然分毫不差。有一次又有人伸拳頭讓他猜，那次他不像以前的明快，好像判斷不出的樣子，後來只說了個約數，那人打開手掌，原來裡面多了一個日本的十元硬幣，旁邊就有人起鬨，指那要人猜的不該無理取鬧，「你要阿堯算的是日本的錢的價錢還是台灣錢的價錢呀，兩種錢不是等值的呀！」弄得那人啞口無言。那是唯一的例外，只要同是拿台幣給他猜，沒有不準的。

事情傳聞開來，到他家來看他的人越來越多，多數是來湊熱鬧看表演的。有一天一個做木的叫長腳的跟朋友到阿堯家，長腳雖然年紀一把還沒結婚，鬧哄哄中有人問說阿堯啊，你猜長腳的昨天晚上到哪裡去飲酒去了，阿堯氣定神閒的說，不是就在紅炭的麵攤喝嗎？那人問跟他一起喝酒的還有誰，又問你看到一個女的嗎，說長腳的對她有意思呢，阿堯說是有一個漂亮的女的，「可是那女的已經有男的了。」阿堯說。長腳的原以為她還沒結婚，大家也都這麼認為，事後問清楚了，才知道阿堯說的沒錯，原來那女的在南部的故鄉早嫁人了。一次鄰居掉了小孩，也來讓阿堯找，掉了摩托車，也跑來問，像這類的事，有時阿堯說對了，有時也會說錯，不像猜拳裡硬幣那樣，總是八九不離十對的居多。廟裡的人後來對外面解釋，說阿堯有這本事，是因為本廟主神曹府王爺的二太子附身的緣故，這是曹府王爺親自託夢給廟公說的。廟公還說二太子以前也附過別人的身，不過那時台灣還沒光復，算算是六七十年之前了。

阿堯自然丟了他的工作，總沒人敢請曹府二太子去通他家廁所吧，做土水的「同業」，也不敢來碰他，何況他成天神經兮兮，也根本忘了要怎麼從事他的本業了。但家裡還是有些收入的，他父親黑仙在別人的慫恿下說，你們來看阿堯表演，也不能白看，人家掌中班在廟口演酬神布袋戲，也是有錢拿的，來的人請加減丟個一塊或五毛，也算是有收入了。有時阿堯幫人找到了丟失的錢財，人家也會送謝金，數目就不是一塊或五毛了，但這機會不是很多。

有一次他幫失主尋獲他的一大筆失財，那筆錢藏在他家中辦公桌抽屜竟然不翼而飛了，阿堯十分篤定而且是指名道姓的告訴失主，是他最親信的一個朋友偷的，朋友就住在他的隔壁。失主報警果然找到了失款，連裝錢的紙袋都還在，事後當然慷慨的送了筆謝禮給阿堯。失主與小偷因是多年朋友，又牽涉家庭與事業錯綜複雜的關係，把事情鬧大了大家都不好看，就隨便找個理由和解了事。但那個小偷與阿堯同住在一條街上，也是認識的，從此恨死了阿堯，明明在他房中找到了贓物，他還說自己根本沒碰過錢，咬定是阿堯施的「魔法」，說以後一定非找機會親手宰了阿堯不可。

阿堯的這項本事雖給他帶來一些虛榮也帶來一些福利，不過隨之而來的也有危機，幸好小偷揚言報復的事只遇到一次。阿堯糊里糊塗，自己不知道危險，父母稍有所覺，但到底有神明庇護，終究無事。

二　斬雞頭

年終選舉要到了，那次中央與地方的民意代表都要改選，是場龍爭虎鬥的「二合一選舉」，參與競選的人爆滿。台灣選舉有一種世界少見的特殊風景，就是候選人逢廟必拜，有時兩造爭執，除了到法院按鈴申告之外，也會到廟宇在神明面前斬雞頭發誓，發誓的內容一半呼天搶地表明自己清白，一半詛咒抹黑自己的敵人不得好死。這個儀式是在祭桌上將一隻公雞的頭活生生的斬下來，弄得廟裡血跡斑斑、殺氣騰騰的，充滿戲劇效應，很多人喜歡看。這類事雖然都涉及佛道神仙，但那些正統的佛寺是不准舉行這些活動的，名門正派的道教宮觀也不會做，只有像曹府王公廟這類中小型的廟宇，信眾的份子複雜，又與民間下層接觸頻繁，而廟產也不太豐富的才會有這類儀式，在這兒斬過雞頭的人，常會捐一筆香油錢給廟方，數目一定不會太少。

一天下午三點鐘左右，一位現任立委也是候選人的帶著浩大的助選團來廟裡參拜，廟方也準備大量爆竹在他蒞臨時燃放，他已連任本區立委數屆，早為社會紅人，走在路上沒上過學的小孩都知道他是誰。他最近遭同區另一個候選人刻意抹黑，說他在任內包庇非法營建，拿人髒錢三千萬。其實大家都心知肚明，只要擔任立委，沒有不服務選民的，建商也是選民，阿堯幫人找到錢都收到答謝，堂堂立委所得哪只戔戔之數。但這事現在被抖出來，確實也不太好看，對手指證歷歷，再加上幾家媒體刻意操縱，把他罵得狗血淋頭，當然也影響了選情。他原本實力堅強，不在意敵方的指責，但後來民調開出來，證明他的形勢逐漸走下坡，逼得他不得不也採取扒糞的方法來對付對方，也指出對方有許多不可告人的醜聞了，這樣一往一來，形成拉鋸。但對方與自己比較，一個暗一個明，地位一個低一個高，做這種競賽，明處與高處的反而吃虧，所以最後幾天，他不得不升高自己的造勢活動，這次參拜也是活動之一。

這位身披彩帶的立委在壇上獻酒上香過後，司儀突然用麥克風大聲講出他遭人惡意抹黑的事件，請神明共鑒，主持正義。說完緩緩唸出一篇早先準備好的祝禱文，文中文白夾雜，時而國語時而台語，內容說現在站立在神明前的「信士」某某，有不白事件數起，屢遭敵方扭曲抹黑，「信士」願在神明面前斬雞頭為誓。全場上百人，頓時鴉雀無聲，左右獻出一把寬頭的菜刀讓「信士」握著，又從麻布袋中拿出預先備好的火紅公雞一隻，左右兩人握著雞的雙腿及雙翅，把雞頭放在供桌的砧板上，司儀暗示「信士」在他唸到「如違此誓，有如此雞」的一刻，揮刀斬去雞頭就算完事。不料那隻公雞野性太大，雖被緊緊拉著，仍雙足緊蹬，雙翅奮飛，不願伏首就斬，兩個助手顯然抓牠不住，「信士」自然無法落刀。廟方一個看過斬雞頭的人知道他們沒有經驗，跑到前面幫忙，他要那兩個助手把雞湊到前面，他則用手將雞頭死力的按在砧板上，要候選人動刀，但他還是不敢，怕一不準傷到人手，只得把刀放在雞脖子上像切橡皮筋一樣的切，但老是切不斷，害得公雞奮力掙扎，叫聲喧天、雞毛亂飛，不但把鮮血噴得到處都是，也將肚子裡的糞便一股腦的清理出來，把現場弄得狼狽不堪。

直到那隻倒楣的公雞被折騰死透，「信士」在爆竹與群眾呼叫聲中才完成了誓願的事，稍定後廟裡人請人出來奉茶，這時「信士」將香油紅包放在茶盤上，一切就功德圓滿了。不料阿堯那時也坐在廟裡的椅子上，候選人臨走向大家握手拜託，握到阿堯的手時，有人問候選人知不知道他就是本廟主神曹府王爺二太子的附身，是料事如神的，候選人當然不敢造次，在他面前三鞠躬說祈請神明保庇，當選自當重謝的話。廟裡人說有事不妨請示，也許王爺會透過這個二太子「降旨」也說不定。候選人就恭敬的請阿堯指示。想不到阿堯平時說話含糊，這時卻字字清楚，他說：

「要問什麼？」

「最近我被人抹黑，希望二太子與眾神明明察。」候選人誠懇的回答。

「哪有人抹黑你？」

「他們說我貪汙拿建設的錢。」

「建設給的錢，你不是拿了嗎？」

「我沒有拿，神明共鑒呀。可以調查我的帳戶。」

「你的帳戶是沒有，都存在你小姨的帳戶，還有你同窗好友名叫陳……的帳戶裡，還有在……」

這時候選人臉色大變，他手下也察覺不對，馬上要人在廟口燃放爆竹，熱鬧中故意說還有行程要跑，就中斷了阿堯的話。但糟的是當時說的，都讓一家喜歡唱反調的電視台記者拍到了，晚間新聞一開播，就都傳揚開了。

事後記者與同一陣營的「名嘴」們抽絲剝繭，證明阿堯說的全沒錯，他們千不該萬不該問阿堯跟錢有關的事，不論是握在拳裡的銀角子，或者貪贓枉法所得的鉅款，都躲不過他的耳目。這事如平時被揭發，一定斷送這位立委的政治性命，但選舉時爆發的這類指控太多了，讓人很難有興趣去分辨真假，大家都被世面充斥的醜聞弄得十分麻痺，就算醜聞屬實又怎麼樣？不花錢選舉能玩下去嗎？選舉時爆發的醜聞都會視為選舉的招式，一拖過選舉，就沒人有力氣再去理會了。

也許雙方實力實在太過懸殊，所爆的料儘管不假，也沒造成現任立委太大的傷害。再加上台灣人性格上確是卑弱，沒有幾個人會真正的在乎正義，那位候選人最後還是「高票」當選了連任。

阿堯的家人與鄰居擔心已獲連任的立委會不會記恨報復，還好這位新連任的「信士」心裡想，這個人知道這麼隱密的事，恐怕後面真有點法力，絕非泛泛之輩，人是不能與神鬥的，再加上此人看起來瘋癲，卻好像並沒有任何傷害自己的念頭，否則自己怎麼又當選了呢，判斷他不會成為自己政治上的敵人，便立下宏願，決心大人不計小人過，不再追究了。

阿堯其實在神奇與險巇之中過日子，他自己與家人倒不甚了了。過了一陣子，預計立委的報復也沒實現，他父親就認為真是二太子發揮了作用，再加上家裡不時有人來向兒子「請示」，有時候會帶些價值不菲的禮品來「孝敬」，也水漲船高的自認了不起了，說起話越來越大聲。

但這種好的氣勢並沒有維持長久。有一天阿堯穿著木屐走過廟埕，不知道什麼原因跌了一跤，頭重重的碰到地上水泥，趴在地上站也站不起來。旁邊幾個人趕來扶他，他被扶起的時候，自言自語的說怎麼會跌倒呢？又說為什麼這些天來都是糊里糊塗的。有人說阿堯啊，你知道自己給二太子附身了嗎，阿堯說什麼是附身？說他一點都不知道呀。鄰居趕忙跑到他家，跟黑仙與他老婆說你後生阿堯好像不瘋了，黑仙夫婦連奔帶跑的把他從廟埕接回，這時的阿堯會喊阿爸阿母了，說自己不小心摔跤，父母聽他話也說清楚了，確實不瘋了，心裡一陣高興。

不瘋了後的阿堯在家又待了許久，後來又做起土水的工作了，剛開始他在一個泥水工團隊中擔任粗工。他受傷過了將近一年渾渾噩噩的生活，一切好像得從頭來過，還好打雜的工作只要有力氣就可以了。他家人原本希望他繼續做修廁所的事，因為收入相對要好些，但說也奇怪，自從他清醒了後，根本沒人來請他，也許因為他被二太子附過身，身上總有些「神聖」的成份，就自然沒人敢請他做清廁所的髒事了。

三　出神

阿堯的事，是我朋友告訴我的。我住家的廚房因為移動過廚具，弄得地面有些不平，我太太一直想找人來修理。有一天她說如果找到人來整修，乾脆把流理台後面的牆打了，把廚房延伸到陽台，這樣廚房變大了不說，光線也會好一些。我擔心有違章的問題，她說樓上樓下都是這樣的，又沒把房子搭到外面去，是不會有人來管的，我看了一下鄰居，果然都是這樣，就決心依太太的想法把廚房徹底整理一番。

一位朋友把阿堯介紹給我，說我這工程不大，不要請什麼大的工匠，阿堯就能勝任愉快，順便說了些阿堯以前的趣事，我們就決定請他來做。

電話連絡過後，阿堯第二天就依約來到我家，他確實是個老實的人，沒幾句話就說定了，開的價錢也十分公道，約好第二天星期六早上來施工。他說做這事需要幫手，說要帶他太太一起來，原來他已結婚了，這點我朋友沒告訴我。

第二天早上九點不到，他們就合騎一輛摩托車來了，帶來了一個像巨人用的大鐵槌，說是敲牆用的。他太太長得也很壯，不過面孔還算秀氣，也不怎麼說話。兩人把用具搬下車來，丈量了一下，就開始敲牆。那柄巨人用的鐵槌，在他手上好像很輕的樣子，不一會兒，便把水泥摜的雙磚牆壁敲下了一部分了，弄得屋裡到處都是灰塵。他太太忙著把敲下的碎磚丟進帶來的麻袋，一袋袋的搬下樓去，約好了卡車，下午敲完後一起運走。

我看他們夫婦不說話，手腳倒很俐落。第一天的工程說好就是把那堵牆敲了，我們的陽台已裝了可以推動的鋁製玻璃窗了，他們把流理台往外推到玻璃窗邊的位置，又把排水管用明管的方式接好，說今天的都做完了，明天來補牆上的空隙，最後把不平的地面重新鋪平就好了，至於移動流理台上的抽油煙機，裝排煙管，得請水電行的人，我說這點我知道。我請他們坐一下，我太太從冰箱搬出一盤水果要他們吃，他們客氣的說不吃，就走了，約好明天同一時刻再來。

第二天上午九點多了，他們還沒到，我們左等右等，心裡有些不安，不知道是不是出了事，打電話到他們家沒有人接，當時還沒有手機。到了十點左右，他們才到，看到我們，連聲抱歉，我問他出了什麼事，他說遇到了車禍，我與我太太都驚問有沒有傷到哪裡，他說不是他們出車禍，而是別人出車禍。他把帶來的水泥與沙搬進房子，一切準備就緒後，我要他們先坐下來休息一陣再動工。阿堯也說好，說今天的工作比昨天要簡單，說到車禍，他說是別人出車禍，警察把路封起來，要走另外的路，他們又不熟，才來晚了。我問有人受傷嗎，他用不太標準的國語說：

「兩部汽車相撞。也撞到一台摩托車。受傷的送到病院去了。路不通了很久。」他敘述事情一句一停，顯然有點緊張。

「還有一隻狗也給撞死了。」他太太說。

「不會的，我不是告訴過你了，」阿堯對他太太說：「我說過那隻狗是不會死的呀！」

「明明死了，怎麼說沒有死？」他太太反問他。

「這點你問老闆，他讀書多，一定知道。」他說的老闆是指我，我不明就裡，完全無法回應，他接著跟他太太說：

「要看狗是不是會死，只要看牠姿勢。」他同時也看我們夫婦，好像在爭取我們的同意，他說：「假如一隻狗被車子撞了，躺在地上，四腳朝天，你就可以說牠死定了。但是如果趴在地上，肚子貼著地面，就一定不會死，要知道狗的心是土做的，牠的心與地氣相連，就一定不會死了。」

「胡扯。」他太太說。

「你沒有讀過書，當然說我胡扯。」他看著我說：「像老闆他們讀過書，就知道我說的是真的。」

我表示我沒聽過，根本不知道這個消息。他大惑不解的看著我堆滿書籍報刊的屋子說：「你不是讀過那麼多書嗎？」

我說我確實不知道，我們央求他告訴我們整個故事。他沉吟了一下，下決心放膽說出來，他說：

「古時候有個名叫華佗的，是不是有這個人？」他還是有點害羞，有點不敢放肆的樣子，我鼓勵他說：

「有的，是三國時代的名醫，曾經幫關公刮骨療箭傷的。」他得到我的證實，顯得十分高興，馬上接著說：

「關公就是我們拜的恩主公，華佗幫恩主公治過病，可以證明他是個神醫呀。」

「但跟狗有什麼關係？」我太太插嘴問。

「是這樣的，」他看看我，我朝他點點頭，他就放下心來說：

「華佗雖是神醫，但心術不是很正的啊。他的老婆長得漂亮，他擔心他外出幫人治病的時候老婆也許跟人跑了，就在每次外出之前，把老婆大卸八塊，掛在竹竿上放在臥房內，等回來再把她縫起來。由於他是神醫，手藝太好，縫好以後跟原來的一模一樣，又能幫他燒菜洗衣的，身上還不見任何疤痕呢。」他看我們很期待的眼光，自己也興奮起來，話說得越來越快，聲音也越來越大了。

「有一天，華佗又要外出幫人治病，也是先把他老婆大卸八塊，掛在竹竿上，鎖上門就走了。想不到那天中午，華佗哥哥的一個朋友來訪，是吃中飯的時刻，自然要準備吃的招待客人。華佗的嫂嫂想找弟妹來商量，卻沒有找到她。她經過弟妹房間，從窗口看見裡面掛著肉，心想太好了，就找鑰匙打開房門，在裡面隨便摸了一件，到廚房隨便弄了個菜給客人吃了。華佗下午回來縫合的時候，發現所有的東西都在，只少了顆心，原來他嫂子拿走的是他老婆的心臟，你看糟不糟呀？」

阿堯這時唱作俱佳，他發覺大家聽得津津有味，自己顯得有些飄飄然。他繼續說：

「後來沒法子，人要沒了心是活不了的。正巧一隻狗從旁邊經過，華佗就把狗殺了，把狗心接到他老婆胸膛的位置，一下子他老婆就活過來了，而且跟以前一模一樣。不過神醫是只能救命不能殺生的，他不是剛剛殺了一隻狗嗎？那是為了救一個人的性命。但就算救人，殺狗也算殺生，當然也是不可以的。華佗只好用土捏了一個心臟，幫狗裝上，狗也活過來了。所以古人說狗的心是土做的，狗如果趴在地上，胸口向下，跟地氣相通，是一定不會死的。」

這不知是從哪裡聽來的渾話，我太太說：「照你這麼說，女人的心，豈不都是狗心了？」這話讓他無法回答，我打圓場，說這種話聽聽就好，是不要太過認真的。阿堯夫婦看我太太有些不悅，就站起來說要開始做工了，我們便結束了閒談。

他們很用心的把所有牆壁的縫隙都補上，然後把拓寬的廚房重新打上一層水泥，我看他做得很認真，細節都注意到了，他現在應該不只是一個粗工，已能算獨當一面的泥水工了。他們一直做到下午才收工，交代我說地面要兩三天後才能走人，要水泥堅固，最好每天在上面澆些水，讓它在凝結時保持潮濕，又說牆上水泥要等全乾了後才能上油漆，否則上不牢，我說這些我知道的，謝謝他那麼費心，我把該給的錢給了他。

他臨走，有點欲言又止的樣子，我問他還要說什麼，他又看了我屋裡一遍，說：「我沒看過人家有這麼多書。」停了一下，他又說：「不過老闆我想請問你，你讀了這麼多書，也不知道狗的心是土做的，這樣，讀書又有什麼用呢？」

「這也是我疑惑之所在。」我知道這不是他能懂的語言，改口說：「你說得對，有些時候，讀書真的是沒有用的，知識也真的是沒有用的。」

這是肺腑之言，不是專為他而說的。當時我腦中湧出像《老子》裡面「智慧出，有大偽」那樣的句子，斯賓諾莎好像也說過，片面的知識與全面的感情，往往是「人的枷鎖」，我想到知識與智慧不見得到處都能暢行無阻，人生可能遭遇到的某些困頓，光靠理性是不能解決的。當時我心中有一種特殊的感受，卻不能把話說得更為明白，他懂或不懂，只有任他了。想不到他點著頭說：「有很多東西，是表面看不透的呀。」說完笑笑，就跟我告辭。

那一刻，我覺得那座廟裡的二太子，好像還沒有解除在阿堯身上的附身，而在他身上的某個小小的角落裡，或者還深藏著些一般看不到的神跡呢。

退伍軍人之家

市政府兵役處所在的大樓因整修的關係，已搬到原來的退伍軍人之家辦公好一陣子了。

退伍軍人之家是一棟老舊的大房子，在都市邊緣的山腳下，早先曾給榮工處使用過，那時台灣建設興旺，到處有榮工處包下的大型工程，後來受景氣影響或是有了弊案，附近的重大工程停工了，過了兩三年，轉給其他工程公司接手，榮工處就搬走了。這棟房子還在，轉給行政院退除役官兵輔導委員會下面的一個機構使用，專門用來輔導退伍軍人轉業或就醫就養的業務，就有人叫這裡是「榮民之家」，其實是望文生義的亂叫。「榮民之家」是給退伍老榮民住的，有點像養老院，這兒是辦公的地方，不是給人住的。後來榮民越來越少，多數亡故，少數回大陸了，「退輔會」的業務大多停擺，這兒就悄悄改名叫退伍軍人之家了，專門負責處理一般退伍軍人的各項事宜，甚至還在裡面安排了圖書與文康設備，讓人到這兒可以做些休閒活動，跟它名稱確實很符合了。但等市府兵役處搬來辦公，退伍軍人之家的功能還在，也還做以前的業務，只是圖書與文康設備被掃入一角，到這兒洽公的人多了。

游守一收到兵役處通知，要他盡速辦理退伍後回歸地方役籍的「歸建」手續，通知書發文的地址就是那個退伍軍人之家。他記得跟他相差十一歲的妹妹看到這個通知書，就跟他開玩笑說：「哥，他們為什麼要你到退伍軍人之家去呀，我們家不就是退伍軍人之家嗎？」妹妹說得對，游守一剛退伍回來，他的家就應該是名實相符的退伍軍人之家。

游守一大學畢業後一邊「待業」，一邊考研究所，待了兩年業沒待成，研究所卻給他考上了。他大學讀的是一個好大學的財金系，照說出路很好，財金系的學生大多服務銀行界，但他碰到的是台灣銀行業大整併的時代，小銀行紛紛被大銀行「吃」了，大銀行之間也不是合併就是搞「瘦身」，一片兵荒馬亂，弄到他碰壁。老師朋友告訴他，說這是一時的現象，台灣除非全垮，金融業還是會起來的，要他利用這段時候好好進修，機會來了才好大展鴻圖。他原想先當兵，退伍後也許景氣已起，到時就比較好找工作了，想不到國家兵源不缺，遲遲不發他的徵兵令，他沒什麼準備，考上了個下三濫的研究所，花了三年把它念完，念完再去當兵，「菜鳥」已成了老鳥，把總數兩年的兵役服完，他已是年紀二十八歲的「垂垂」暮年了。

「還記得到廟裡還願的事？」早餐桌上母親問。餐桌上只他一人，父親早已去上班，妹妹也上學了。

「今天要到外面辦事，再等幾天好了。」

「是到那個退伍軍人之家嗎？」

「嗯。」

「還願的事要早做，誠意最重要。」

「我知道。」

「昨天怎麼這麼晚睡？」

「跟老張、孫中山一起，聊晚了。」

「找工作的事怎麼了？」

「孫中山答應跟上面說，但說現在時機不好，過了年才可能有人事變動。」

「老張那邊呢？」

「也一樣。」

「不能老待在家裡，你爸說工作要人去『找』它，它不會來『找』人的。」

「我要是天天不在家，怎麼跟你到廟裡還願呀。」

「那是另一回事。你現在天天在家，也是沒去呀。」

他知道母親心裡想的，懶得再談下去，匆匆把早點吃了，自己關起門在房裡聽CD，是一個最近鬧緋聞的女歌星唱的，裡面一首歌妹妹說她很喜歡，歌名很長他老是記不得，但每幾句就重複唱著：「天一定會塌下來，天一定會塌下來」，他也覺得很好玩，有時也會跟著唱。

有人敲門，是母親，母親說又不是住旅館，不要把房門關得嚴嚴的，又提醒他已是十一點了，要去那個退伍軍人之家得快去。他一看錶，果然十一點了，便說趕到那裡需要半小時，再過幾分鐘事沒辦完，人家要準備吃午飯了，不如改到下午再去。母親說那也好，問他午飯想吃什麼，他說早飯剛吃過，「你餓你先吃，我是一點也吃不下的。」他說。

他在屋裡躺著什麼事都沒做，直到下午兩點，他才動身。母親趕出來問要吃飯嗎，他說還是吃不下，他看桌上排著整齊的碗筷，知道母親也沒吃，要抱怨一聲，說你一定怪我害你沒吃了，但想一扯下去就會沒完，說不定還會嘔氣，就悄悄把門關上走了。

他到了退伍軍人之家，只帶來兵役處發的通知，別的什麼也沒帶，裡面的人說通知書上明明寫了要帶身份證及退伍令來，通知書上寫的他其實是看到了，但他有一點不經心，走的時候又忘了。他問不能辦嗎？裡面人說不能辦，通知書上又沒照片，怎麼知道來的人是誰呢，再加上手續辦好是要在退伍令上蓋章的，所以只有再來一次了。他知道自己有一點恍神，他從來不是個精明的人，但也不至於像現在這樣的不濟啊。

他只好在附近的街上胡晃，晃了一陣覺得沒有意思，還是回家了。他記得前天讀高二的妹妹找他，要他幫她在地圖上塗色，她說地圖輪廓她已經先用黑筆畫好了，只要上色就好了。他在回家路上的文具店買了紅黃藍三原色的水性顏料，只要有這三個顏料，所有色彩都可以配出來了，他善於用水彩調色，晚上見了妹妹，告訴她就可以幫她畫了。他不到四點回家，發現餐桌已收拾乾淨，母親看他回來，說辦好了嗎，他說忘了帶證件，要再去一次，「早上說的還願的事，現在可以去嗎？」他問。

「還願要一大早，至少要早上去。」母親說。

「為什麼？」

「誠意啊。你說好幾時去拜，我要準備供品。」

「不是燒香就好了嗎？」

「菩薩保祐你平安回來，這願不是一根香能還的。明天好嗎？」

他勉強答應母親，說明天一大早去還願，她顯得很高興，連說你中午還沒吃過，菜在冰箱冷了，我幫你煮碗麵吧，他推說不餓，躲進自己的屋裡了。

結果退伍後的第一個禮拜，他在昏睡與清醒之間，完成了幾件事，包括在母親的督促下到幾個廟去恭恭敬敬的還了願，到退伍軍人之家完成了「歸建」的手續，他現在是本市的後備軍人了，原來後備軍人也有師團營連的各級單位，上面還規定他以後要定期接受軍事單位的「點閱召集」。禮拜天，大家都在家，他妹妹才拿出要他塗色的是中東地圖，好大一張，由於中東都是沙漠，他幾乎用光了整罐的黃色顏料，他關著房門忙了一整天，他很高興有理由不要與父親正面相對。除此之外，還有兩個晚上，他跟老張、孫中山還有柱子阿桃等在海產店喝酒，他酒量不好，每次喝的不多，但都醉醺醺的回家。

這樣一個禮拜兩個禮拜過去，生活過得很相似。有一天早上母親在餐桌上，問起他以前高中同學，幾個男生常混在一起的像阿國、柳振強、狸貓，問他是不是還有見面，母親說她記得柳振強與狸貓早結婚了，如果有小孩，也該不小了吧。他知道母親又在「刺探」他男女感情的事，接下去她一定會問怎麼退伍了這麼久了，還沒跟小青連絡，「小青怎麼了，有沒有她的消息？」她問了，果然不出所料。

「人家出國了，你又不是不知道。」他說。

「就是出國了也會有消息啊，你爸對她很滿意的。」

他想回答說又不是爸要娶她，要他滿意個什麼的。小青是他讀研究所時的同學，比他要小，跟他一度要好，只來過他家一次，他父母就認為是自己家的媳婦了。小青長得清秀，書也讀得好，是個文靜又肯上進的女孩，只怪自己不積極，畢業後他去當兵，她出國進修去了，聽說是跟一個男的「連袂」出國的，這不算「兵變」，因為在他們畢業前，他就知道有那個男的了。他不知道她目前的消息，要打聽不是打聽不到，每次興起打聽的念頭，心裡便想幹什麼要打聽呢，不惹人笑話嗎？就擱下了。

但他父母還是有意無意的在他面前提小青的事，讓他有點心煩。有一天他在母親逼問下扯謊說現在已經有女朋友了，問他女朋友住在哪裡，怎麼認識的，他就胡扯說住在台中，是當兵時認識的。他當兵在金門，怎麼會認識台中的女朋友，稍微有腦筋就知道是假的，但父母聽到這熱烘烘的消息，心裡高興得要命，早已忘了要分辨真假了。

他在金門當兵，有一次跟朋友上一個名叫「山外」地方的茶店。他當兵時金門的茶店已變成一般公共場所，不再有色情的意味了，在很久之前，茶室、茶店與酒家是被列成「特種行業」的，「特種行業」是指有女「服務生」服務的地方，去那裡，總會讓人有其他的聯想，但他當兵的時候已不是如此了，飲茶變成一種高雅的生活。那次朋友帶了相機，他們請茶店裡的女招待幫他們照相，後來也邀請她們一同合影，一個女招待穿著白上衣，外面罩著棗紅色的背心，其實是茶店的制服，樣子像高中女生，大家嘻嘻哈哈的鬧了一陣，他現在還留著那兩張照片，女的故意親熱的坐在他身邊，笑得很燦爛，但是背景是店裡的一角，看不出是在金門照的。他打算母親要問他女友的長相，就給她這張照片看好了。

他在金門當兵時兩岸已經和緩，沒有戰爭了，地方想把金門建設成台灣與大陸通商的口岸，他們說這樣金門就可以擺脫貧窮，走向富裕。他在金門的時候，金門所有的人都一致的「向錢看」，地方民意代表老是攻擊政府開放的腳步太慢，恨不得早一點能達到「金廈一體」，議論口徑竟然與大陸官方一模一樣。而我們政府的政策老實說也搖擺得厲害，一會兒要「大膽西進」，一會兒要「戒急用忍」，弄到「軍方」也搞不清立場，軍隊營房以前有的標語，譬如「消滅共匪，收復大陸」等的都早塗掉了，軍心渙散得很，軍人如分不出敵我是最要命的事。

他回來很不願跟人談論在軍中的事，要談也沒什麼人要聽，一年多的服役經驗對他而言是索然無味的。他覺得軍中上下都在混日子，既沒有要對付的敵人，整個兵役與國防制度就是荒謬的，他想。他在金門一年多的生活，除了穿著軍服，表面過的是團體生活，其實獨立自主得很，他在營部擔任一個財務官的下手，負責管理全營的財務清冊，連衛兵都不須站的，只要不惹事，根本沒有人會來管他，他覺得自己完全不像個執干戈以衛社稷的軍人。他的部隊駐守在金門本島北岸的一個據點，以前是重要的要塞，靠海的一面埋著鐵軌做的尖樁，從沙灘到岸邊的木麻黃林都布滿了地雷，後面靠太武山的山腳是礮兵陣地，金門最大的野礮就布陣在那裡。現在已經不打仗了，但大礮還在，十幾二十年沒用，據說為了防鏽，礮管機件都得用厚厚的牛油封住，他們的部隊就是負責外圍的保衛。附近海邊因為是佈了雷的雷區，所以沒有人敢來，只有成千上萬的野鳥，秋冬之際更多。

他在金門，成天看鳥。別的營區養了不少狗，常殺狗打牙祭，他們的營區不准養，怕狗亂跑引發地雷，他成天沒事可做。快退伍的時後，營部的輔導長來找他，問他有沒有意願「志願留營」，開出的條件還很誘人。輔導長說照他有碩士學位的身份，只要決定留營，他保證可以在短期間越過士官而直接升為軍官，他說他不向其他人徵詢，主要是他學的是財金，前線軍中缺少這樣的人才，他擔保只要他留下，最少可以到師部或者金防部的財務處當財務官。

游守一當時想現在軍隊都在縮編，哪裡還會爭取人志願留營的。後來知道以前那個獎勵留營的辦法到現在還沒來得及廢除，營部輔導長如順利爭取他留營，按規定會被記「小功」一次，那位輔導長已確定會被「借調」到更上級的團部做作戰官，團部作戰官是中校缺，他以目前少校身份佔了這個位置，只欠一個功，就可以實至名歸的「真除」了，所以他才這麼熱心。游守一討厭詭計，當他知道這個內幕後，就連考慮也不會考慮了，他告訴別人不是他不想幫人，而是他不想在這兒看一輩子的鳥。

但退伍回來要做什麼，自己也沒有主張，這個世界好像也由不得自己有主張。「我知道你心裡也著急，」一天下午母親跟他說：「你爸爸也為你急，像柱子，好像比你還小吧，都已經結婚了，柳振強跟貍貓，跟你同樣年紀，都早成家了，孫中山還沒結婚，可都已經有要好的對象了，只老張還沒著落是吧。但他們不管是誰，都有在工作，每天按時上下班，你爸說有職業才會有貢獻，一個男人是不能對社會沒有貢獻的。」

「媽，謝謝你沒有舉國泰蔡家的例子，也沒舉王永慶王家的例子，他們家孩子還沒妹妹大的時候，每個人都有幾百億的『身價』了。」

「不准你這樣說話，爸媽都是為你設想，難道不知道嗎？」

「知道。」他有點不甘心的說。

「你爸認為你的問題是缺乏『鬥志』，他說對男人來說，鬥志最重要。男人要有鬥志，不能成天窩在家裡。你爸那天跟我說，假如你到外面走，如果需要，他願意幫你買部二手車，你開出去不論是找事，或者到台中去找女朋友都方便些。怎麼樣，要不要買一部？」

他沒有說話，等了一下母親又說：

「你知道我們都是為你想。爸爸跟我說他已經把一筆郵局的定存改成活存了，隨時可以提出來。你只要找到一個目標，就朝那裡走下去，做什麼事都是正當的，不要什麼都不做，像你幾個要好的同學……」

「好了！能不能不要老說別人怎麼樣怎麼樣的？我是『你』的兒子，『你』的兒子是沒辦法跟人家一樣有出息的。」他賭氣的特別強調「你」這個字，他繼續說：「這一點，你們也要知道！」

「怎麼這樣說呢？」看得出來母親傷心了。但委屈讓他自暴自棄起來，他一不做二不休的放大聲說：

「老實告訴你吧，你也去告訴爸爸，你們聽了不要心臟病發。我老實講，我根本沒有在外面找工作。說要孫中山去問，要老張去問，都是騙你們的。我跟他們在一起，整個晚上都在喝酒，沒談一次正事，你知道嗎？對我們而言，喝酒麻醉自己才是正事。你兒子就是這個調調，很後悔是不是？養了這個沒出息的兒子。」

他看到母親在流眼淚，他繼續說：

「跟你們說真話，是要你們死了心。小青不是我不要她，她跟一個男的出國了，是她把你兒子甩了，你知道嗎？我跟你們說我還有女朋友，也是騙你們的，照片上是金門茶館的女店員，我跟她根本不認識。」

「我上輩子是造了什麼孽啊！」儘管她壓得很低，他還是聽到她絕望的聲音。

「你不該放棄自己的，你放棄我們還可以，你不該放棄自己。」母親說。
「我早就是這樣了！」他說。
「你早就怎麼了？」
「我早就放棄一切了。」
「我說你不該放棄的。你說你放棄自己，你心裡還有我嗎？」
「沒有，我心裡誰也沒有。不只沒有你們，也沒有自己。」他聽到母親飲泣的聲音。
他知道自己傷了母親，沉默了陣，他覺得他不該傷害母親的，她不了解他心裡的事，其實他自己也不了解，他覺得自己自私又愚蠢。過了好幾分鐘，他覺得肚子裡的氣漸漸消了，代之而起的是後悔，他試著伸手去牽她的手，這反而使母親放聲的哭出來了。
「你不要哭，我不是那意思。」他說：「我心煩，媽，你要知道我心煩。」
母親還在哭，他知道是她的眼淚讓他從受傷的地方走了出來，他深吸了口氣，他用平靜的語氣跟她說：
「剛才我心煩，說了頂撞你的話。」

母親獨自哽咽著，沒有理他。他接著說：

「你跟爸都是為我想，這我都知道的。」

「你知道就好，不管你多大了，爸爸跟我都還把你放在心上，妹妹也是。」母親不哭了，用紅了的眼睛看著他。

要怎麼繼續下去呢，他完全茫然。他終於脫身回到自己的房間，他在房裡想他不可能如他父母的期望，早早找到工作，這根本是個人浮於事的社會。他也不可能馬上找到可以結婚的女友，所以這種衝突以後還是無法避免。他想如果搬出去，也許可以圖個耳根清靜，但依然沒有解決問題，他也不見得真能放下父母。只要有懸念，人就無法獲得真正的自由，何況人住在牢籠裡久了，真放出來也不見得曉得該如何自處。

「你想不想吃點東西，媽媽去弄。」過了一刻她問兒子，她已和緩下來，母親仍然沒有改變她在兒女身上最早扮演的角色，就是提供保護與飲食。他知道所謂孝道，就是不要阻礙父母長期所扮角色的習慣，讓他們做他們習慣的事，習慣是個硬殼，在裡面，人才覺得安全與自如。他回到他房間，儘管他一點也沒胃口，他朝外大聲說：「我餓了，媽，弄碗榨菜麵來吃好嗎？」過了一下，他聽到母親在廚房輕鬆搬動鍋盤的聲音，慶幸今天的風暴終於結束了。明天或以後呢，只有等到了再說吧，不是有「船到橋頭自然直」的話嗎，他想。

兩個聽來的故事

下面是我聽朋友說的兩個故事，都有點匪夷所思的情節，有些地方我無法分辨真假，其中一個是朋友到大陸探親所遇，另一個是有關體育運動的故事。我只真實引述，沒加任何自己的意見於其中。說第一個故事的是一位文化事業的主持人，不過那故事與他所從事無關，他說：

一年夏天我帶內人回鄉探親，我內人的父母都是湖南人。我們從長沙坐火車往永州，火車在原來叫做粵漢鐵路的主線往南走，到了衡陽之後，就往西南往廣西桂林那邊走了。過了衡陽，再走不到三個小時就到永州的一個名叫冷水灘的地方，內人舅父一家人就住在那兒。

那時在大陸坐火車，都有一點「壯烈」的味道，不管是哪一類車，都擁擠得無法想像。幸好在長沙我們有親友送車，車票也劃有座位。但擠上火車已是一項大工程，好不容易擠上列車，卻發現我們座位上已有乘客，雖拿出車票也不讓，位子上的人表示這位子誰先到就是誰的，而且從來就是如此的，令我們詫異的是其他乘客看我們爭議也不出來主持正義。親友發現爭他們不過，便從皮包裡掏出兩張十元鈔票，一人一張，嘴裡說你們行行好，讓讓有年歲的人吧，兩個人也就二話不說起身走了，那時候十塊錢還算值錢呢。

在後來五個多小時的旅途中，令人驚奇的是車子一直擠著爆滿的人，雖然是對號車，卻也有各式人等，包括漁夫雞販、菜農屠夫之類的。我們斜對面座上一個胖婦人正半裸著餵孩子吃奶，而且一邊一個，好像是雙胞胎。小孩喝足了嘴還緊含著奶頭，時間久了胖婦人也睡著了。她旁邊兩個男人正與對座的男人賭牌，攤開的牌放在一個男人腿間的硬紙板上，兩個男人只要得了一張好牌，嘴裡就不禁吆喝起來，把手中得牌揚給婦人看，手舞足蹈興奮得不得了，婦人偶然會張開眼一看，但大多在睡覺，分不出她兩邊的哪一個是她丈夫，或者兩個都不是。令人猜不透的是在那麼狹窄擁擠的地方也可以玩那種有氣勢的遊戲。

還有一個驚險的場面是正好碰上夏季漲水，鐵路沿著的湘江，有些水已氾濫到河道外面來，把一些村莊田地淹了，有些地方雖有堤防，但滾滾洪流已滿到堤防頂端，隨時會外溢出來，但正如陶淵明在〈桃花源記〉裡說的一樣，「其中往來種植，悉如外人」，堤防這邊的農夫和居民卻一點不以為意的樣子，同車的一個人問一個剛上車的中年男子說：「馬上水要滿過來了，那些人不逃嗎？」剛上車的男子說：「管得了這些呀？這裡年年如此的。」最令我們驚嚇的是有幾段洪水已淹到鐵路的路基邊緣，而我們火車卻沒有減速，仍然快速呼嘯而過，場面有點像日本卡通片《神隱少女》電車在水中馳行的鏡頭，不同的是車裡擠滿不知死活的人，而且吵鬧不休。

更特別的是我們在旅途中連續碰到三個乞丐，都是呼天搶地式的。第一個是乾瘦的男人兩手各牽一個小孩，衣衫襤褸面容枯槁，而且髒得不得了，小孩也一樣，那男人知道大家都會避他們，也就有點肆無忌憚了，他用命令的語氣要他兩個孩子在空出的走道跪下來，嘴裡大聲叫嚷道：「車上的列位，你們都是我可憐小孩的祖宗呀，祖宗行行好，賞這兩個可憐的孫子一口飯吃吧！」接著說他們多久粒米滴水未進的慘狀，話說得憤疾得很，讓人懷疑怎麼有這份力氣。大家都避著他也不理他，他牽著兩個跪著的小孩到我面前，乞丐有一般人沒有的能力，最能分辨人的軟弱，他看我的手有伸進外衣口袋的打算，知道我或許會賞他錢，就在我前面不走，跪著的小孩嘴裡也嚶嚶央央發出一些聽不懂的聲音。我十分猶豫該不該掏錢，剛才親友送行時特別警告路上扒手多，要我錢財絕不可露白，我把比較整的大鈔早放在貼身的內層口袋中，外衣口袋裡只放著少數的零錢。

這時候，我內人作表情警示我，卻被眼尖的他看到。他轉過臉孔對著我內人說話，聲音不見得大，卻是一個字一個字說的：「這位女同志呀，你不該阻止小孩的祖宗做好事的呀！你該曉得，善惡終有報的呀！」他不但這樣說，還朝我內人欺身進逼，我為了打發他，只得掏了幾塊錢給了他，他立刻收下，就千恩萬謝的去找另一個「祖宗」了。

旁邊一位坐著的乘客說：「搞什麼呀，都是老套了，也不曉得換個詞兒。」他說只要坐這趟車，每趟都碰到，另個人看著我說：「這次你就算花錢消災吧，後面的就不要再花了！」

「你說後面還有？」我問。他點點頭說：「你等著看吧。」

果然接著又來了兩個，首先上來的是一個殘疾人士，一隻腳小腿以下沒了，連著一隻簡單的木棍，而他的手也像有問題，兩個手掌上貼著兩片厚木板，一進我們的車廂就大喝一聲，看到走道空出一個空隙就連忙趴倒，誇張的用手上的木板敲著走道，發出極大的響聲，滿嘴祖宗呀父母呀的敘述自己的不幸。他走了後面跟著來的就更奇怪了，他穿著一身草綠色的土布軍裝，領上還有代表職務的紅底徽章，一進來也大聲喊叫，但他好像不把重點放在乞討的事上，而是想在大庭廣眾前發表他對社會的不滿，他說：「你們看我穿的是軍服是吧？對的，我就是解放軍。我幹解放軍十幾年，我還到黑瞎子島支過邊呢，但一受傷，他們就把我趕出來了，誰知道我為我們國家立過汗馬功勞的呀。」一個乘客開玩笑問他：「你守過黑瞎子島，倒看過老毛子沒有哇？」

「當然看過，不只看過，還幾次跟他們對幹過呢！」他說。問他的人說不信，說：「你說說老毛子什麼樣子？」

「老毛子什麼樣子？」他大笑一聲說：「哈，這回你可問對人了呀。黑瞎子島以前全是老毛子，就是被我們趕走的啊。我告訴你，老毛子大家都說鼻子長，他還有別的東西也長呢，解手的時候掏出那玩意兒，在前面甩呀甩的，跟我們東北人用的擀麵棍一樣粗，只不過像橡皮管一樣，軟了點，你說我看過老毛子沒有？」

有人阻止他亂說，說這車上是坐了婦女與小孩的，他一看也識趣，就不再說這方面的事，但罵政府與社會一刻也沒停過。他好像也說過乞討的話，譬如各位行行好之類的，但一霎眼又接到罵這世界對他不公的話題上，而且滔滔不絕。他大聲說那些話，對乘客已造成騷擾，但並沒有人阻止他，我特別注意到，有穿制服的列車管理人員與鐵路警察經過，只對他說了聲讓讓，對他的公眾演說卻不理不睬。他到底乞討到什麼，我不很清楚，也許什麼也沒要到，到了他要到的車站，也就下車了。

我們在永州盤桓了兩天，回程的時候由於坐的是由桂林開來的車，車廂比較空些，但雨還在下，經過的河流也還在氾濫著。一位女性的列車員經過我們的時候，我以為查票，主動把車票亮出來給她查驗，她看了我一眼說，你們是台灣來的嗎？我與內人笑笑，她高聲說：「我一眼就看出來，是台灣來的同胞。究竟台灣的文化水平高，對人要多禮些。」

我看她親切，便說其實兩邊都一樣，她說：「你客氣了，其實是不一樣的呀。我有事忙，等下來跟你們聊。」說完走了。

想不到隔了十分鐘她又來了，笑著說把事辦完了，她在我們前面的空位坐下，問能不能跟我們談談，我說那太好了。

「我是怎麼覺得你們是台灣來的，這點你們知道嗎？」我搖頭，她就說：「我剛才只是路過，沒有要查票，你們一看我就把車票拿出來了，我覺得你們有教養。在這裡，逃票的人一大堆，要查票有的逃了還好，逃了表示怕你。有的就跟你死磨，說掉了說找不到的大有人在，要他補票，他說補個屁呀。列車就一個列車員，還有一個警察，還有一個是掃地的，不補你奈何得了他呀。久了我們也不查了，反正虧了也虧不到自己，不是嗎？」

她是一個開朗又健談的女性，剛在我們眼前坐下，就掏心掏肺的把她所有的事告訴我們了。她說她結過婚，有一個女孩，現在已讀中學了，家住衡陽，她與她愛人因為意見不合早離了，小孩歸她管。內人問她上班的時候孩子誰照顧？她呵呵笑，說我們鄉下的小孩，讀中學就表示不小了，都能照顧自己了，「我在車上幹活，就是放假也不見得都在衡陽，有時十天半個月不見也是常事呀。」就這樣東拉西扯的沒什麼焦點，她對台灣的消息很有興趣，問了很多這方面的事。後來不知怎麼我們談到這次來永州路上遇到乞丐的事，我問她為什麼沒人來管一管？這在台灣是見不太到的呀。我又說假如真窮，政府有收容機關可以收容，如果不是窮而是來鬧事的，警察與鐵路局就該不准他們上車呀。她靜靜聽我說完，清了一下喉嚨笑著說：

「這事不瞞你們說，我們是管不上的。不是沒法子管，而是我們不敢管。」

「他們是黑道嗎？」我發現她不懂，改口說：「他們都是狠角色嗎？為什麼不敢管？」

「再狠的角色，在我們社會主義國家也鬥不過黨與國家的，這點你該知道。但黨與國家管的是一個有形的世界，有一個無形的世界，黨與國家再有辦法也伸進不了手的，這點你可能就不知道了。你們倆想聽一個故事嗎？就是去年這時候發生在我這條路上的，你們想聽嗎？」

由於車上的旅客有的知道我們來自台灣，又看到列車員與我們聊得愉快，就紛紛擠過來，把我們四周的座位都坐滿了，有的還站在走道上，大家聽列車員要說故事，都有點期待。我跟內人當然表示想聽了，她故意咳了一聲說：

「去年這時候，也是漲大水的雨季，從長沙到桂林的車上，有一個又乾又瘦的叫化子，不知道從哪一站上車，沿路又叫又哭的跟人要錢，當時車上比現在擠多了，簡直連插個針都有困難。我們車上一定有列車員跟警察的，正好巡查到那節車廂。」

「你不是說連插根針都困難，警察怎麼插得進？」一個不識趣的人問。

「說插不進針是個比方，我們鐵路上的人，哪有進不去的？當時的列車員跟警察都是個一八〇的大漢，到了那叫化子前面說現在人多，要他不要在這裡擾亂秩序，又說你看人擠人，連掏錢給你的空間都沒有，你還是到下一站乖乖下車吧。但那叫化子根本不理他們，還在那裡繼續鬧，結果把他們兩人惹火了，便一人架一邊，像老鷹叼小雞一樣的把他架到車門附近，打算一到下一站就強迫他下車，但口裡說等下送你進牢裡蹲吧。那叫化一看自己被架著，就說起求饒的話了，說大人不記小人過，自己是被窮跟餓逼瘋了，不得不採此下策，你們只要賞我一毛一分，或者，賞個餓了的饅頭給我吃，我就自動下車。但那警察確實被惹火了，聽他說話還有要脅的口氣，也就更不客氣了，便說：『你要我賞你一毛一分呀，你也配！』說著與列車員把他架得更緊了。

「結果他們到了車門，附近本來也擠著人的，這時看到警察與列車員使狠，怕招惹到自己，便也紛紛走避。他們三人好像被扣在一起的站立在車門邊。這時那叫化問你們兩位老哥打算要怎麼辦？警察說：

「『我們來查票，列車員，你說是不是？』列車員連說是。『你既然沒買票，就得請你下車。』

「『可是車子還沒到站，我怎麼下？』

「『除非你馬上補票，否則現在你跳，或者我們把你扔下去。』

「『那不要了我的命？』

「『由不得我們了，誰要你不買票！』那警察跟列車員只是要嚇他，原先是準備到下一站讓他下車的，但這個化子死命的掙扎嘴裡又嚷個不停，讓他們失盡面子，走到車門便作勢要扔他。誰也想不到這時候，那化子像鷂子翻身般，一下子就掙脫了他們的手，反而退到兩人的後方，對驚魂未定的兩人說了聲：『你們欺人太甚，該曉得善惡終有報的。』就朝兩人胸口輕輕一撥，兩個人竟然應聲落下車去了。」

「有這麼回事呀！」聽的人都嚇著了。「火車還在走，掉下去還得了？」

「後來那叫化呢？」另一人問。

「看到的人都嚇呆了。」我們的列車員說：「好像到了下一站，那化子自己下車走了，也沒人敢去管他。倒是列車員跟那個警察掉下車的地方，正好是一座橋，橋下的水漫得很高，他們就落到水裡。要是平常，兩丈深的河面，落下去不死也難的，那天水位高，等於救了他們。不過如果不會游水，也是會淹死的，幸好兩個都懂得水性，但附近都在漲水，水流得很急，怎麼游也上不了岸，後來靠趴在一根漂流木上才沒淹死，到長沙橘子島附近才讓人給救了出來。」

「算算在水裡漂了一百里呢。」一個乘客說。

「恐怕還不只咧。」列車員繼續說：「算撿回一條命，但也不好受，兩個人都在病床躺了一個多月，身體到處是傷，後來傷是好了，但都變得悠悠忽忽的，有些熟人都不認得了，當然原來的事也不能做了，反正成了個半廢的人。有人說是因為他們那天對那化子太狠了點，真是應了善惡終有報的那句話。不過再狠也是嘴巴上不饒人罷了，哪須賠上半條命呢？」

「這是後來乞丐上車，你們見了也不管的原因囉？」我問。

「還是我剛才講的，不是不能管，而是不敢管。再說頂多是擾亂了點秩序而已，對其他影響不大，現在我們政府不是天天在叫『嚴打』、『嚴管』嗎？但我們這個地區比較落後，黨跟國家也會允許我們有一點跟不上時代的呀。」說完哈哈大笑起來。

不久長沙到了，我與內人跟列車員話別，車子還要北上到武漢。下車的時候，我發覺內人一直緊牽著我的手，在計程車上我問她：「覺得剛才聽來的故事很怕人嗎？」

「我覺得那個列車員說的故事是針對我說的。」

「怎麼說呢？」

「你記得那乞丐在推那兩個人下去的時候說了什麼話嗎？」

「好像是善惡終有報。」

「三天前我們坐車到永州，遇到第一個乞丐向你乞討，我記得錢不露白的警告，曾阻止你掏錢，你是不是記得那乞丐對我說了同樣的一句話？」我記起來了，確實是同樣的話，心裡不禁發了一陣痲。但我想了想，這事也不見得要從神祕的角度來解釋，列車員告訴我們的故事一定也傳到後來乞丐的耳朵，他們想捉神弄鬼來嚇一嚇不打算施捨的人，就跟著這麼說了。但當時我沒把這想法告訴內人，只是這樣說：

「幸好我沒聽你話，還是掏了點錢給他，否則我們就得在湘江泡上幾天的水呢。」內人聽了，終於笑了起來。

說另個故事是一位資深的田徑教練，是他學生的故事。由於我對體育不熟悉，他學生後來在運動場上的離奇遭遇，更是我無法解釋的，只能說，不同人物所見的同一世界，其實是個個都有著不同的風景的。不懂的事，就留在那兒，別去管它吧。且聽他說：

我是個徑賽教練。不過一般人不這麼叫我，我如說是徑賽教練，人家都以為是「競賽」教練，是專教人比賽的，甚至還包括一點有勝負賭博的成份，就有人以開玩笑的語氣問我，是賽馬還是賽狗呢，當然都不是。後來為了讓人聽得懂，都叫我們為田徑教練，叫田徑教練大家就懂了。大家雖懂，但我們裡面人就覺得很混淆，因為田與徑本來是兩個領域呀。這你光是從教練與運動員就可以看出來，田賽選手大都是又粗又壯的大塊頭，他們天天與「三鐵」為伍，而我們徑賽運動員，通常都是乾瘦的個兒，我們講的是爆發力跟耐力。我們中國有句話叫做「一爭長短」，就是指我們田徑賽說的，不是嗎？田賽選手，爭的是長度，也就是把標槍、鐵餅、鉛球擲得扔得越遠越好，徑賽選手爭的是短度，也就是達到一定距離用的時間越短越好，這麼說來，你可能就懂了，但也說明這兩種運動相差太遠了。

說起田徑賽，不論任何運動會包括亞運、奧運，這都是最熱門的項目。很簡單嘛，你看所有田徑賽，都在能容納幾萬甚至十萬人的場地舉行，也就是運動或開幕閉幕的會場，那多熱鬧呀！哪像其他運動，都在其他的運動館或單項運動場地辦，有的甚至在荒郊野外，我不是說那些運動不重要，而是在場面上氣勢上，早已遜我們田徑運動一大截了，其他還有什麼好說的呢？

但因為在這塊領域裡面我們吃了先天的虧，請原諒我說句不乾淨的話，我們東方選手在這方面一出場就輸得脫褲子了。怎麼說呢，這全是先天不足嘛，後天再怎麼調養，所進也有限的。我剛才說田賽是比長度，三鐵選手都得長得人高馬壯，你看奧運場上得牌的都是白種人，不是波蘭、烏克蘭，就是德國、俄羅斯的選手，而在徑賽場中，絕大多數是黑人，管他穿的是美國、英國的制服，其實都是黑人，那肯亞、伊索匹亞還有加勒比海的牙買加，就更不用說了，他們雖然乾瘦，但爆發力與耐力驚人。我們東方人身高不如人家，體重與耐力也比不上，亞洲人口雖多，卻很少在田徑場上出風頭，這是先天不如人，也沒辦法。但因為在這方面我們總比不過人家，便不重視這類的運動，我認為也是不對的。

我們東方也出現過優秀的田徑選手，但數量比起別地方的人確實差遠了，這說明東方人天賦不好但只要努力，也有出線的機會，也更值得敬佩了。好了，這些閒話我就不說了。我現在要說的是，在我手下曾有個有天賦又肯努力的運動員，他跟楊傳廣一樣都是出身台東的原住民，說到這裡，你一定知道他是誰了，但因為這故事的結局不好，為了尊重他，我們就不直呼其名吧。

他跟著我總共有七八年的時間。我跟你說吧，我自己出身徑賽運動，我的巔峰是創造了幾次兩千公尺的全國紀錄，參加亞運，我在受傷的狀況下跑了個四分三十秒一一的成績，雖只得了銅牌，卻又改寫全國，那紀錄到今天還沒人能破呢，哈哈。我又做這方面國家教練這麼多年，我老實告訴你，我從來沒見過有這麼一個像他的傑出徑賽運動員。他中等身材，偏向乾瘦的體型，外表就適合徑賽，他從高中起就在男子一千與兩千的競賽中屢創佳績，後來跟著我之後，我發現他有個特殊點是他心跳速度特別慢，血壓也低，這是有耐力的象徵，他適合長跑，不適合短跑，短跑講究的是爆發力，他的爆發力不行，而且我覺得他跑一千兩千雖然都能得冠，主要是別人太弱，他的真正強項其實在三千到五千，要他跑兩千以下其實是糟蹋了他。

有人說跑三千比跑兩千要費力，我告訴你，那純粹是外行人的話。像他這樣的運動員，其實跑一千比跑三千要費力，因為跑三千讓他有「暖機」的機會，一千就不行了，硬要跑就會傷身的。所以當我一接手訓練他，就要他慢慢調整作息，朝更長距的長跑去發展。剛開始兩年成績不理想，很多人認為我不對，紛紛指責我，他自己也有點悶，也想改回跑兩千，是我堅持，我勸他不要氣餒，長跑要經過考驗，成績不是一兩天就跑出來的。在左訓中心，一位美國來的客席教練也同意我的看法，他甚至認為他該專跑五千，認為假以時日他會有世界級的成就的。

後來團隊也同意我的看法了，讓他加強三千的訓練。他也確實聽話，開始幾個月有點心浮氣躁，但後來就好了，他開始跑之後，越跑越好，倒不是有什麼特殊的成績出現，而是我發覺他有一種只有他才有的運動潛力。你知道跑兩千以上，「配速」是最重要的，最好的配速是起初不要太快，後來越跑越快，原則如此，但每人體質不同，也不是全都一樣的。他發動力總是不夠強，以汽車來比是扭力不足，第一圈甚至比其他陪跑的要慢，有點跟不上的樣子，但連跑三圈之後，力道就來了，源源不絕的力道讓他越來越快。他的快是有節奏感的快，不光是速度而已，還有美感，我覺得最好的運動其實是一項藝術，必須有美感，跑步、跨欄、撐竿跳，這些運動都美到了極致，你不覺得嗎？他就有這種本事，有個神經兮兮的畫家看了他跑，幫他畫了好多速寫，說他的體態是得了「天地之正」，我不知道這四字的真正含意，但絕對是說他的運動是具有美感的，這下子好了，我們的千里良駒出現了。

他身體的狀況適合練，心裡的願望也想練，而且生活單純，家裡只一個寡母，其他沒了，我幫他爭取到一筆有安家性質的獎學金，他幾乎沒有任何後顧之憂，就按照我幫他排好的作息表操課了。在我「旗下」還有幾個選手，男女都有，但我覺得以後在國際場上，恐怕只算他有指望。你記得我說過的一位美國來的客席教練，他也同意我要他改跑三千的事嗎？那位教練的名字前面是詹姆士，後面一長落的我們也都忘了，詹姆士臨走給他題詞，期許他是下一個瀨古利彥。你知道誰是瀨古利彥嗎？這個名字英文叫做Toshihiko Seko，他是日本人，一九八一年在紐西蘭創了二十五公里與三十公里長跑的世界紀錄，那世界紀錄，到今天還無人可破呢。

他不論哪一點都好，也都能依照教練團的意見調適自己。別的選手不管再好，都會有令教練頭痛的事，譬如男女方面的事，你知道這些運動員體能好，又都是青春時期，沒人不會不在這方面有問題的，只是有大有小罷了，但他說來奇怪，從來不會有這類的事。你要問該不是閹了吧？不要笑，要知道閹了的人哪來這份體力呢？我有一次問他有沒有女朋友，他說沒有，我又問想不想交呀，他也搖頭說不想，他說他已經把自己交給神了。這話我起初沒仔細想它，我以為他們原住民通常都信基督教或天主教，他也許生下來就信了，心裡自然有個「主」，但後來發現不是，他好像信的是我從來不知道的一種宗教，這是個人自由，我們無權去干涉他。

他的成績在不斷進步中，但他的心理狀況我覺得有點隱憂，這事我沒人可商量，別人會說一切照計畫在做，一點差錯也沒出，你提出問題來，豈不是橫生枝節嗎？所有公家的事，都忌諱橫生枝節，這是你知道的，我只有把隱憂藏在心中。想不到果然出事，正在他參加亞洲青年田徑賽之前，他就有一點晃晃悠悠的，說這兩天他的神來找他，要他專心練習，到比賽那天，祂會護祐他，以便創造好成績的，我想他這兩年一向如此，也沒影響他三千與五千的練習，只得聽聽就好，不去管他。

那次亞青田徑賽在曼谷舉行，他主要參加的是三千，但我記著詹姆士的建議，也幫他報了五千，想讓他試一試。想不到他在三千遭到滑鐵盧，所跑的成績竟然比國內歷次的還要差，我們都覺得匪夷所思，比賽當然會出狀況，但不該相差這樣大。晚上我特別單獨叫他出來問他怎麼回事，他說他在跑到最後兩圈的時候（三千公尺要在四百公尺的跑道跑七圈半），當時他跑第四的位置，他的神出現了，我說：「什麼？」他又說了次：「我的神出現了。」我說：「你不是說祂會來幫你，怎麼跑出這成績？」他說：

「老師，我告訴你實話。我的神是要幫我的，但祂說，天助自助者，要想得到幫助必須拿出點東西，所有想得神明護祐的人必須獻出自己最珍貴的東西以顯誠意，祂說古代所有祭神都有獻祭的儀式，問我知不知道。」

「你是說你的神要跟你交換？」

「好像也是這個意思，不過神不是這麼說的。」

「祂要你跟祂換什麼？」

「當然是名次。」

「怎麼換？」他停了一下，我堅持他該說明白，他才說：

「用活的時間。」

「什麼？」我驚訝的問。

「用我活在世上的時間。我當時跑在第四的位置，神說可以讓我跑到第三，但我得獻出我的一年。」

「什麼，用早死一年來換這個第三名嗎？這太不值得了。這是什麼神嘛？用這方式要脅人，豈不跟黑道一樣？」我說。

「倒也不能這麼想，神這麼說一定有祂的道理。祂又說照這規矩往上推，第二名的要兩年，第一名要三年，問我願不願意？我一時沒法回答。突然我發現我前面的第三名有點慢了下來，我奮力一步，竟然變成第三的位置了，那時已最後一圈，我努力跑沒說話，到還剩半圈的時候，原來第三的又追上了我，到終點線，我還是第四，銅牌也無緣了。」

我告訴他，這純是恍神的緣故，長跑選手往往在跑後面幾圈的時候會恍神，尤其跑馬拉松的選手，連跑了幾小時，聽他們說最後幾公里，像在作夢一樣，到了終點要停都停不下來，靠別人拉住他才知道已跑完了，跑三千雖沒那麼嚴重，但最後要衝刺時有的也會恍神的。那天我安慰他，說他的決定很對，不論跟任何人交換條件，都是違反奧運精神的，我要他好好休息，集中精神準備第二天五千的決賽。

我們對他跑五千不寄希望，想不到他第二天跑得極好，竟然得了面金牌，也創了新的全國紀錄。這事完全出乎我們的意料之外，我們雖早就雙管齊下培養他三千五千，但重點都在三千，而且這是他第一次報名亞洲級的正式比賽，初試啼聲就一鳴驚人，比賽完畢每個人都朝他祝賀，鮮花與眼淚不斷，連總統都打電話來，大家都高興得不得了。回程的飛機上我才有跟他長談的機會，我開玩笑的問，這次所開的條件是什麼呀，想不到他竟然說：

「同樣是三年，在我們跑最後八百公尺的時候，我還是第四，這時我的神出現了，我當然知道祂來的用意，沒等祂把條件開完就爽快答應，我很快就超越了第三第二，在我已是第二位置的時候，神又問你要第一，是真的嗎？這是我昨天晚上已決定好了，一般人至少可以活七十年，我就算為了金牌減壽三年，還有六十七歲可活，用來換這份光榮很值得的。祂顯然得到我的訊息，就在最後半圈，我前面的巴基斯坦選手有點腳步不穩，我就超越過去了。」

「你胡說些什麼呀！」我說：「這純粹是你自己努力的結果，也要感謝教練團在你身上花的精力，哪能都歸怪力亂神的呀！」他聽了我話不作一語，只對我笑笑。

熱鬧一陣後要準備參加亞運了，這次亞運在日本廣島舉行。亞青回來後，我們也決定讓他專攻五千，正應了幾年前詹姆士的預料，他以後也許在這方面會成為世界級的運動員呢。但我對他的隱憂已成為很公開的事了，我在教練團會議提出來過，大家對他的舉止也覺得怪，卻也找不出他有任何逾越了訓練營規矩的地方，再加上他跑的成績確實不惡，是我們在田徑場上奪標的希望，也就打算維持現狀就好，沒怎麼想去管他了。我直覺要讓他去接受心理輔導，尋求心理醫生的幫助，但又怕真找來醫生，他的生活一被打亂，影響到成績，那也太不合算了，就也不敢採取行動。

這次亞運他不負眾望得了個銅牌，冠亞軍是日本與韓國。我們本不指望他這次奪金，原因他改跑五千還算短，經驗當然不足，有人說上次亞青不是得了金牌嗎？要曉得亞青跟亞運是不能相提並論的，但他比日本韓國的選手都年輕，前途還是不可限量的，也許兩年後參加奧運，會把這兩個對手硬是比下去的呢。銅牌到手的那天晚上，一夥人到廣島的日本居酒屋喝酒慶功，他是不喝酒的，只叫了瓶汽水。我趁人少的時候問他，當然是用開玩笑的語氣：

「這次有沒有交換呢？」從亞青之後，我們再也沒談過他信仰的事，想不到他說：

「有的。」我看他淡淡的說話，情緒沒什麼波動的樣子，證明那件事已深入他的內心，變成他生命的一部分了。他奇異淡漠的神情讓我很心痛，我是他的教練，但感情上，我們更像父子。我也故意不動神色問：

「這次是銅牌，又是花了一年交換來的嗎？」

「是三年，因為神說亞運的層級比較高，條件當然也不同的。」

我原想說你們的神真會做生意，該讓祂來管商人的，但沒有說，他停了一下接著說：

「銀牌要四年，金牌要五年，我也許就是在那關頭有點猶豫不決，所以沒得到金牌。」

「你是說你願意用五年壽命換一面金牌？」

「五年是換一面亞運金牌，要是奧運，就又可能不是此數了。」

「我想勸你，回國之後就退出運動圈不玩了吧，這樣下去，就算得到奧運金牌，人早早死了，又有什麼意義呢？」

「老師，這點我不是沒想到，我們台灣從來沒在奧運的田徑場上得過金牌，假如能得一面，舉國歡騰，不管用什麼換，或許都值得的。」

「老實說，我討厭用這個方法，這基本違反公平原則，也違反奧運精神。」

「我考慮的也在這兒，但答案還沒有出來。」

那次的談話被其他事打斷，回國後忙得很，更沒有深談的機會了。我真擔心他到奧運，也許想為我們可憐的台灣贏一面田徑的金牌而孤注一擲，但要的話也得等到兩年之後，我犯不著目前去擾亂他。其實，我也無須擔憂，因為連勸他的時間也已經沒有了。

回國後的第二天，總統要召見我們，大家穿著乾淨的制服，帶著旗幟獎牌去。我們從總統府的側門進去，他之前好好的，也跟隊友有說有笑，一點異狀也沒有，但在總統府側門走廊上走了不到十步就突然倒地，大家以為他是太興奮或太緊張了，亂了腳步。隨隊有隊醫，一翻他的眼睛說了聲不好，總統府也叫來救護車把他就近送到台大醫院，沒想一進去就再也沒出來，台大開的死亡證書上寫的死因是突發性心肌梗塞。

老實說，這事發生得不只突然，而且毫無道理可言，他一點心臟血管的病史也沒有，怎會因心肌梗塞而死呢？知道的人沒有不錯愕的。由於事情發生在總統召見之前，又在總統府內，各方也就特別謹慎處理這消息，以免有心人士興風作浪，所以這事後來低調到好像沒發生過一樣。但對我而言，卻是件頂大的事，我知道這事也許跟他對某方的許諾有關，萬想不透的是，他就算拿壽命來交換，也不該現在就死了呀，因為他死的時候才剛滿二十三歲。他死後，有一種陰影在我心中揮之不去，幸好我還是不信那套，我想他的死是一項意外，就好像人在路上走，都可能被車子撞死，不見得一定有理由的。

想不到過了幾天，我竟然夢見他，這事也算奇，我是從來不作夢的，或者作了夢，醒了也就全忘了，但那晚夢見他，卻記得清清楚楚。我夢見他時，我與他坐在左訓中心福利社外面的一棵大樹下，他穿著白色運動背心，外面罩著一件棗紅的愛迪達薄夾克，那件夾克是我送他當生日禮物的。那天他倒跟平常一樣，像剛練過跑跟我在樹下乘涼，倒是我知道他已經死了，我一見他就問他：「怎麼搞的呀，這麼快就走了啊？」

「我也不想走的，老師。」他說：「這是條件。我也不知道這麼快就得兌現，來到這裡後，他們怕我懷疑，主動拿我的生死簿給我看了，原來真有生死簿的，一看才知道上面給我的『陽壽』是二十九歲，上次亞青扣了三歲，這次得銅牌，也扣了三歲，我的時辰已經用完了，所以得立刻來報到。我看了還是跟他們抱怨，說不能等到總統召見之後嗎？他們解釋說，有關生死的事，規定是分秒必計，不管是什麼理由也無法通融的。」

「你如不答應交換，也只能再活三年是吧？」他笑著點頭。我說：

「這樣說來，你的神豈不是在玩你嗎？祂憑什麼在開條件的時候還說銀牌四年金牌五年呢？只有銅牌的命卻向你開金牌的價，祂不在玩你嗎？」

「也許是我當時的態度有點不清楚，我想祂只答應我可以換銅牌的，舉金牌銀牌為例，是為了說得明白罷了。但我如知道我只有二十九歲可活，我是不會答應交換的，也包括亞青的金牌了，來這兒才知道，活著還是比較好呢。」

我夢到那兒就斷了，也許後來又說了些話，但都不記得了。我醒了後想了又想，假如他在夢中所說的話是真的，那豈不證明世上的許多勝利與光榮，都是一場騙局嗎？主持騙局的騙子有大有小，小的是個人，大的甚至是神明，世上還有什麼真實值得我們堅信呢？

奇怪的是他死了不滿一個月，報載那個得金牌的日本選手也死了，但新聞報導很簡略，無從判斷原因，故事是否有類似的內情，譬如他的金牌是由五年的「陽壽」換來，我不得而知。他的死讓我一向平直的思緒複雜了起來，想回到以往單純澄明的世界，好像已不可能。我後來在厭棄、羞愧與懷疑的心理壓力之下，辭去了國家田徑隊的教練之職。

貝多芬遺稿

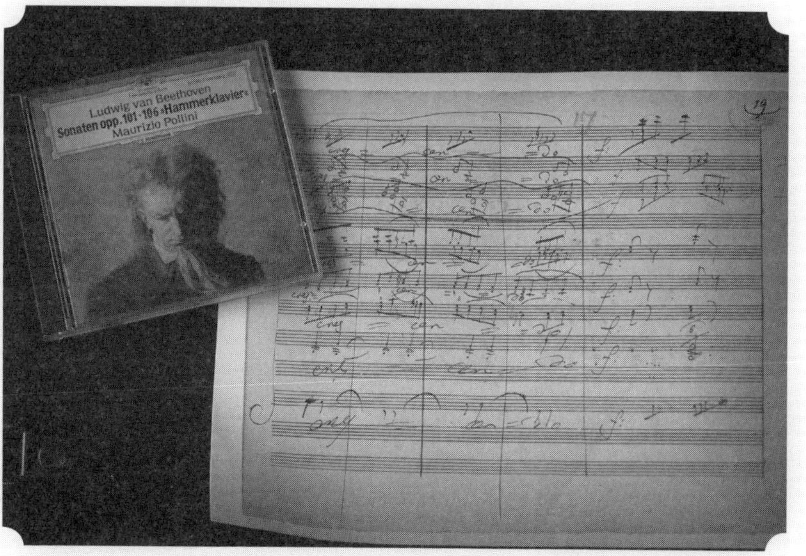
Ludwig van Beethoven
Sonaten opp. 101 · 106 »Hammerklavier«
Maurizio Pollini

一

我第一次聽到洪閬炎這名字是從李運那裡。

李運是藝術學院的副教授，專長是音樂史與音樂理論，曾留學維也納。先說一下他的故事。他最初到維也納學的是鋼琴，在維也納音樂院跟了一位還很有名的名師學過幾年，後來大師說可以畢業了，學校只給了一張像檢定合格的文憑（diploma），只用德文寫著：「某某已被認可具有A級鋼琴演奏之能力，特發文憑如紙」，上面並沒有學士碩士的字樣。他問過國內的朋友，憑這張diploma在國內是無法謀到教職的，這裡的專科以上的學校要的是有「學位」的人，學位這名詞英文叫做degree，就是學士碩士博士那玩意兒。他問他就讀的音樂院，負責人說在歐洲的音樂院都是不授學位的，搞了半天，原來自己三年多在維也納的寒窗苦讀，是白白浪費了。幸虧他機警，他打聽到在同樣地方的維也納大學，他們音樂系是授學位的，最高可以授予博士，他央求幾位老師幫忙推薦，讓他到維也納大學再進音樂系，這大學音樂系是搞理論為主，不負責培養演奏人才的，他便改讀音樂史，又費了幾年，交了幾篇報告，終於讓他弄到一個音樂碩士的學位了。指導教授問他要不要修博士，修一個音樂博士最少也要再花上三、四年，還要寫卷帙浩繁、引證博洽的論文，經過重重口試答辯，才能修得正果，他聞訊就不打算再折騰了。他運氣還真好，他自己在台灣的母校正在擴大編制，需要教師，終於在以前老師的協助之下回來擔任音樂系的教師，先從講師做起，幾年後也升成副教授了，那時還沒有助理教授這一級。

李運有次告訴我，他算是幸運，要是晚兩年，沒有博士，就算三頭六臂也進不了學校的。我說要是我是校長，我寧願聘你這在維也納待過的人，那些在美國小城大學就算讀了博士，哪能像你在維也納見多識廣呀，我雖然是外行，也知道音樂家像莫札特、貝多芬、布拉姆斯、馬勒一生最主要的時間都是在維也納的。他笑著說：「是呀，還有荀伯格、魏本、貝爾格，那些引領現代音樂的『馬首』式的人物，也都在維也納混的呀！」這話說來，彷彿莫札特貝多芬跟他一樣，都是在維也納三餐不繼的窮學生呢。我約他幫我編的藝術周刊寫稿，他有次寫了篇介紹貝多芬弦樂四重奏的文章，我特別小心編輯，找了一張他在文章中提及的阿瑪迪斯弦樂四重奏的唱片封面登出來，他看了特別高興，跟我就很近了。

有一次李運打電話給我，問我知不知道一個名叫洪閬炎的人，他在電話中還告訴我閬是門字裡面一個良字，我說我不知道，他說在音樂界，那個姓洪的人還小有名氣，他在維也納的時候，就認識他的，不過我說我從未聽過。他說他們學校一位資深教授已與學校接洽好，要短期聘洪為講座教授來學校授課，我說那很好呀，至少你們可以敘一下在維也納的舊誼。他在那邊笑了一聲說：「舊情誼是算不上的，只是認識而已。他年齡大我好多，算是前輩，不過他是個有爭議的人物。」我問他是哪方面的爭議，他說在電話裡說不清，下次見面再說吧，我只得說好。

約莫隔了半個月，我打電話給他，他說洪閬炎馬上要來了，雖然只應聘一學期，系裡面要安排他的課，又要兼顧食宿雜務，每個人都分配了工作，所以比較忙些。過了幾天，他打電話給我，說他現在在城裡，問我有沒有空可以一見，我說好，就約他到我常去的咖啡廳，他說那地方他知道。

我到咖啡廳的時候李運已先到，嘴裡叼著一隻菸，手裡正翻著一本書，座位旁塑膠袋裡還放著幾本新書，好像剛逛過書店。咖啡廳老闆過來招呼我，我打算介紹，他笑著說他們已經認識了。我看李運已有咖啡了，便幫自己點了一杯。「怎麼樣，你說忙，還有時間逛書店呀？」我說。

「是到城裡辦正經事，書是早訂好的，順便來取。」他說他們學校圖書館向外國書店訂了一批外文書，結果運來國內時跟其他學校訂的弄混了，弄得書商一個頭兩個大，由於一部分的書是他推薦的，有英文也有德文，學校就請他帶著書單來挑。「那不是很麻煩的事？」我問。

「還好，我們訂的是兩套辭典樣的套書，是不容易弄錯的，也訂了幾本零星的書，好在很快就找到了。不像另外的學校，有文學哲學又有物理化學的，弄亂了還真不好找呢。」

「就這幾本嗎？」我看他身旁的袋子。

「當然不是，學校的書他們會送，這幾本是我自己的書，在另家書店訂的，早就跟我說到了，這次趁便來取罷了。」停了一下我問他他們新聘的教授什麼時候會到。他忙著說：

「啊，原想跟你談這事的，沒想到一直談挑書的事。洪閬炎已經到了，還沒開始上課，不過已在學校住下來了。」

「你上次說電話裡說不清的事是什麼？」

「我跟你說我在維也納認識他，其實只是聞其名，也在眾人場合見過幾次面，我認得他，他不見得會認得我的。他在維也納曾一度紅過，很多東方人到維也納學音樂，但要在那裡出頭不容易，但洪閬炎比其他人聰明，幾乎給他搞成了。」

「你是說？」

「他一到維也納就改習中提琴，他原來在國內學的是小提琴，但學小提琴的人太多了，要想出人頭地，尤其在維也納根本是妄想，所以他一來就改習中提琴。從小提琴改習中提琴不很困難，在西方，很多小提琴家都能兼拉中提琴的，David Oistrakh就是例子。」

「後來出頭了嗎？」

「就是在維也納，學中提琴的人還是不多。他的老師是維也納愛樂的中提琴首席，認為他是可造之材，就很盡力的培植他。中提琴這樂器很奇怪，為它寫的獨奏樂曲不多，但不論在小型的弦樂四重奏或五重奏，大到交響樂團，都是不可或缺的樂器，在樂團有不可動搖的位置，樂團出缺，往往是中提琴手。他音樂院畢業後，因為成績優秀，被教授推薦進入維也納歌劇院的樂團作中提琴手，這一方面是他表現傑出，另一方面是運氣好，剛才說過樂團的中提琴手比較容易出缺，而能競爭的對象不多，他因為年輕又是東方面孔，就被錄取了。錄取他的是著名的指揮家Karl Böhm。Böhm這名字國內翻譯成貝姆，可惜貝姆在歌劇院只擔任了一年的指揮，第二年就被英國人請走了。接替他的是頂頂大名的卡拉揚，你知道卡拉揚在到柏林擔任柏林愛樂交響樂團指揮之前，一直待在維也納歌劇院，總共有八年之久。由於洪閬炎的靈巧，一度被卡拉揚任命做他的助理指揮。也有人說卡拉揚雖然出生在奧地利的薩爾斯堡，與莫札特是同鄉，但他先祖有西亞的血統，所以對德奧之外的『異族』特別有興趣，也有人說卡拉揚年輕時曾參加過納粹，下意識中一直有揮之不去的罪惡感，想以提拔外族人來洗脫心中的罪愆，反正你一言我一語，外人也不知道什麼原因，而洪閬炎確是在卡拉揚面前很紅是真的。」

「後來呢？」

「他如果安安穩穩在維也納歌劇院樂團擔任中提琴手，也算混得不錯了，後來又受卡拉揚提拔，你知道這是天掉下來的機會呀。也許從助理指揮幹到副指揮，最後卡拉揚哪天出了點小問題，臨時要副指揮的他代理指揮即席演出，就一戰成功，大白天下了。音樂界像這樣的例子是很多的，當年伯恩斯坦在紐約愛樂不是因代布魯諾・華爾特的班就一炮而紅嗎？還有在古典樂上有名的英國指揮柯林・戴維斯，當年不也是代克倫培勒的班而起來的嗎？」

他喝了口咖啡，停了一下說：

「說起他的遭遇，每個學音樂的都羨慕，但交響樂團的助理指揮，也不見得神氣，機會不來也很無奈的，只能做些總指揮指定的瑣事。有些大指揮頤指氣使，把助理指揮當成自己的僕役一樣，按規矩，助理指揮是幫忙指揮處理樂團練習的事，其他事是不用管的。但要從助理指揮升上副指揮並不是易事，維也納歌劇院樂團的副指揮就有好幾個，洪閬炎心想這般混下去，不使些手段是沒法子混到出頭天的，但手段人人會使，況且使手段也要有機會。

「有一次他跟樂團到布拉格演出，那時捷克與斯洛伐克共和國還是一窮二白的共產國家。他在布拉格街頭閒逛，想不到在一個舊書攤發現了一套弦樂四重奏的手稿，是殘稿，只有第一與第三樂章。一般弦樂四重奏跟交響曲一樣有四個樂章，他看這本殘稿的第三樂章，結束的樂段分明是在收尾，應該是樂曲的終章才對，也許這首四重奏就只有三個樂章，規矩是人定的，有立就有破。如果堅持一定要有四個樂章，那這第三樂章原本應該是第四樂章才對，殘稿上的第三樂章是寫錯了。如果把它當成這四個樂章看，這首弦樂四重奏應該還欠兩個樂章。無論如何，這字跡漫漶的手稿很舊了，當成古物是沒錯的，他只花了很少代價把它買了下來。」

「後來呢？」我問。

「起先他以為是捷克音樂家的手稿，最好是德弗札克或史麥唐納的，他們都有弦樂四重奏的作品，尤其德弗札克的四重奏很多，另外像楊納傑克與馬提努的也有可能。還有或許是一個「二線」或「三線」的作曲家，德、奧及波希米亞一帶像這樣倒楣的音樂家很多，一生沒沒無聞，寫了好些曲子，始終無人演出，最後懷才不遇的死了，死了後只留下幾本手稿，沒想到這僅剩的手稿也五馬分屍的給弄得求見一個全屍都不可能。有一天他突然聽人說，巴哈死了後，他的作品沒人整理，亂成一團，孟德爾頌從萊比錫的圖書館裡找到一堆巴哈的遺稿，原來就是他有名的《馬太受難曲》，孟德爾頌把這本遺稿帶到柏林，安排在柏林演出，想不到一戰成名，舉世震驚，巴哈這名字在沉寂了好幾十年之後，終於被世人所肯定。還有一個故事，舒伯特死後，有人在故紙堆中發現他有一個早年只寫了兩個樂章的交響曲，不知道什麼原因為什麼沒寫完，就幫它取了個《未完成》的名字，演出後大為轟動，後來他的第九號交響曲曲名叫做《偉大》的手稿，也是死後被舒曼在維也納的書肆發現，要不是舒曼，則這首舒伯特的重要作品將不見天日。他聽到這些故事，大為興奮，也許他無意間購進的這本手稿，是一個大人物的遺物，將來有機會提出來，可以補音樂史的缺失也說不定。」

李運一口氣說到這裡，這時咖啡店老闆也坐了進來，聽我們聊，因為當時除了我們之外沒其他客人。「後來證明是誰的？」我問。他沒正面回答我，卻說：

「他回維也納之後，打聽了一陣，沒有結果。他一方面很想有人能證明這是不凡的作品，但也擔心萬一是名人之遺，有人會想盡方法佔有它，前些時候拍賣市場拍賣兩張馬勒的一組歌曲的殘稿，就開創了市場的天價，是一個美國人用匿名的方式買走的，弄到在維也納的馬勒學會義憤填膺，誰叫他們湊不到那麼一大筆錢呢。如果真是名家的東西，也要防人侵佔，所以洪閬炎很小心的收藏著，萬不得已，不會以之示人。他曾拿去請教過幾位弄音樂史的學者看，他們都不表示有什麼特殊，洪閬炎心裡想，就是特殊，他們也只會作一般的姿態，萬一是一個了不起的作曲家的作品，怎麼能讓一個名不見經傳的東方人來發現呢？他不死心，請了幾個朋友，試著照譜子合奏了一次，發現幾個樂段寫得還真的不錯，中間有幾處不很清楚，有幾處不太能連接，可能是抄譜時抄錯了，或者漏了幾段，使得全曲略欠流暢，但整體而言，曲子在水準之上。也許這譜不是作曲者自抄的，而是假手他人所抄，錯誤就情有可原了。

「有一天他拿了這首曲子的錄音給一位專門研究貝多芬的音樂史家聽，他們在合奏時順便用一般的錄音機錄了音。這位專家叫施密特，研究主題是比較音樂學，是維也納愛樂社的榮譽會員，也是維也納愛樂交響樂團的顧問，留著一大把白鬍子，頭已禿，所剩無幾的頭髮也是白色的，卻修剪得很整齊。他有很扎實的專著，他們歌劇院常請他作樂評，聽取他的意見，也算是歌劇院的顧問。

「施密特聽了後不發一語，洪閬炎請他務必說出他的看法，他因為是助理指揮，經常在人物之間奔走，與施密特算是熟的。施密特要他反覆放前面的幾段樂句，等了很久，施密特緩緩的說這應是浪漫派的，最多是理查史特勞斯前後的作品，也有點像後來人學習他們的作品，不算成熟，不過……洪閬炎急著聽他還要說什麼，施密特卻在『不過』之後就不說了。」

李運好像也在吊我們胃口，好整以暇的喝起咖啡來。老闆趁這空檔到櫃台端來一壺剛燒好不久的新咖啡，要我們喝喝看，說是新到的肯亞咖啡。如果不加任何東西只喝原味，肯亞咖啡比我們慣喝的曼特寧要清淡又爽口些，喝完喉頭有一點泛酸，這是非洲咖啡的特色。

老闆問我們口味如何。李運說真好喝，他說他在維也納也喝咖啡，但從來沒喝過在台灣喝的這麼好的咖啡，維也納的咖啡店常常沒經你同意，就幫你放了大堆的糖，甜的要死不說，有些咖啡還幫你放了烈酒，在維也納喝咖啡，根本喝不到咖啡的原味。現在進咖啡店叫咖啡不幫你放糖了，都是咖啡機一旋鈕就流出來的那種，給你糖包要你自己放，但他們咖啡如不加一些東西，都淡的跟洗鍋水一樣。這時老闆說：「好了別談咖啡了，這壺算我請客，你剛才還沒說那位施密特先生要說的話呢。」

「好吧我繼續說。」李運笑了笑，說：「施密特說他不知道是誰的作品，應該是一個沒沒無聞的作家寫的，但也無從判斷，只能告訴洪閬炎他聽了後心裡所想的。洪閬炎問他想起什麼，施密特說，他聽第一樂章前面這十幾節的樂句，想起貝多芬晚年寫的一首弦樂四重奏，但到後面就沒有這個聯想了，後面的樂句比較瑣碎，也不連貫，也許是殘稿的緣故。洪閬炎進一步問施密特，他說的貝多芬晚期的弦樂四重奏是指哪一首，施密特很乾脆的說是編號一百三十三號的降B大調又叫《大賦格》（*Grosse Fuge*）的那首。施密特說只令他想起，並不表示它與貝多芬有什麼關係，不過你知道貝多芬這首《大賦格》在音樂史上是大有爭議的，你知道嗎？施密特說到這兒，突然有人來找他，說是有急事，話就說到這兒便不說了。」

「後來呢？」我問。

「洪閔炎受此啟發，高興得要命，他高興的原因是這本殘稿，引起貝多芬專家的聯想。他回來後就用力的想這些樂句與貝多芬的關係，他查出許多資料，才知道貝多芬的這首《大賦格》單章的弦樂四重奏很有問題。這首編號一三三的作品，應該是貝多芬最晚的幾個作品之一，（貝多芬有編號的作品只編到一三五號，也是一首弦樂四重奏。）現在一般把它放在他同樣是降B大調弦樂四重奏的作品一三〇裡面，當他的第五與第六樂章之間的作品來演奏，但在『性格』上言，那首大賦格純粹是獨立的作品，他大膽的把他發現的殘稿與這首獨立的大賦格放在一起，結果不只都是降B大調，其中的啟承轉合有完全合轍之處，他想這本遺稿『如果』真是貝多芬所遺，那很可能推翻《大賦格》是作品一三〇的一個樂章的舊論。」

「那是什麼呢？」咖啡廳老闆問，他說咖啡廳正好有一套貝多芬的弦樂四重奏集，可以把那段《大賦格》放來聽聽。

「那倒無須，畢竟是他那時的推論，我手頭沒有他遺稿的錄音呀，想比較也無從做。他這個推論應該找更多的證據來證明，譬如他又找到了遺稿的其他部分，足以說明《大賦格》是這首四重奏的一個樂章，那就震驚世界樂壇了，但這點不只他沒有能力，就是其他人也沒有能力的。有天他又去找施密特，施密特說，也許是一個仰慕貝多芬的作曲家的習作，裡面有貝多芬的影子是當然，再加上稿子分明是斷斷續續的，連手跡也似乎不是一人的，所以無從判斷了。洪閬炎說，抄樂譜的紙已證實是一百多年前貝多芬時期的舊物了，但施密特說你不能到舊貨店看到一雙一百多年前的舊鞋，就斷定莫札特穿過呀！

「這事讓洪閬炎很不高興，希望還沒有正式燒起來呢，就被澆熄了。他後來在歌劇院沒怎麼混好，卡拉揚也沒把他升到副指揮的位置，眼看後浪一個個跑到自己前面，也就意興闌珊。但在歌劇院擔任助理指揮，跟維也納的音樂界自然混熟了，後來不知道碰到什麼機會，竟跑到音樂院擔任教職，起初只是教中提琴的技術教師，卻也一步步的升上去，二十年之後，終於成了音樂學院教授了。這便是他的故事。」

二

大家都忙，自從上次談到洪閬炎的事之後，我與李運有將近兩個月的時間沒見。一天下午他打電話給我，說有事相商，問可否在咖啡店碰一個頭，我說好呀，問他什麼事，他說見面再說，便急急把電話掛斷。

我放下手頭的事趕到咖啡廳，他還沒到，咖啡廳老闆正在應付一群客人，指示我先坐，等一下來招呼我。我在一個靠窗的座位坐下，才坐一下，李運喘著氣趕到，走到我前面頹然落座，我問怎麼了？他說不要說了，想不到事情發展至此。我又問了次怎麼了，他才說：「還好你在，讓我先喘口氣再說吧。」

等了約莫五分鐘，咖啡店老闆幫我們點好咖啡，他說：

「就這麼辦吧，我實話實說，這次是有事央求你幫忙，看我面皮，你非要答應不可。」

「什麼事？只要幫得上忙。」

「還不是洪閬炎的事。」他嘆了口氣，為了不打斷他話，我什麼也沒說。他喝了口玻璃杯的水，說：

「真想不到是這樣的人，他口才很好，又搬弄的是他在歐洲樂壇的關係，那些能稱作大師的指揮家演奏家都與他熟，阿巴多、布列茲都與他平起平坐，他的左腳有一點跛，有一次人家問他，他說是一個大雪天跟鋼琴家波里尼在維也納喝得爛醉跌傷的，同時在座的還有指揮家慕提呢，不過那天慕提倒沒喝多少，他說。他老說他與那些了不起人物的交情，儘管內容也許有點摻水，真實性也難以考據，但他的課都十分叫座，都想藉上他的課與歐洲接觸呢，不但學校的老師學生來聽，就連外校的師生，還包計程車來聽，每次講座，都擠得滿坑滿谷的，算是學校成立以來所未見的盛事了。

「不過他的課，聽了兩節就夠了，其實沒什麼內容，這些就不去說它吧，我今天趕來是找你幫忙，也是與他是有關的，說起來真丟臉死了，但我顧不得那些，只得直說了。學校一個年輕的女講師，想不到愛上了他，來了還不到一個月，兩個就成雙成對的在學校出入。有人警告那女的，說洪在奧地利還是有家眷的，但女的不為所動，還要跟他一起，這叫一個願打一個願挨，誰也不能去管他。問題出在洪閬炎，他已經是六十多快七十歲的人了，有個年輕貌美的女講師投懷送抱已經夠了吧，他還嫌不夠呢，又跟我們學校的幾個女同學鬼混。有一次是女講師到他房間，看到兩個衣衫不整的女生從他的臥室急奔出來，兩個女生都是她教過的，一氣之下不但跟他大吵了一架，把他墊桌子的玻璃都打破了，她還氣不過，又打電話通知兩個女生的家長。兩個女生的家長，一個還有黑道背景，帶來幾個混混型的人物，你想得到的，一來學校就大吵大鬧，幾乎把校長室都拆了。事情當然變成新聞，幾家報紙已說了明天要見報。這事發生得太快，已有點出乎學校能應付的範圍了。我現在來找你，是其中有一份是你服務的晚報，說要大幅報導這個消息，還有不堪入目的照片。你能不能幫我們設法，把這條消息壓下來，非要登的話，也緩兩天再登好不好？容我們先處理好再說。我知道這事很困難，只有萬請玉成，這是我們校長千請萬託的原因，事後他會來謝的。」

「你能不能簡單告訴我，你們學校打算怎麼處理？這才是關鍵。你知道新聞自由不容干預，再說就算我們報紙不登，別的也會登，結果還是一樣的。」

「這點我們都知道，其他媒體，我們也在設法之中，我們當然也不能干涉新聞自由，但希望這條新聞對學校不要造成過大的傷害，要知道學校有老師有學生，這事的影響不能小覷的。你問我學校要如何處理，學校已請洪閬炎自動辭職，洪開始還不肯，說自己清白，但兩個女生都嘴巴快，已承認跟他有不正常的關係了，他百口莫辯，也就在辭職書上簽了字。假如報上晚兩天報導這消息，對學校的傷害就降低不少，因為洪也趕回維也納了。」

我答應設法，但知道成效不大，新聞部不是我管得了的。我借咖啡廳的電話打給總編輯，總編輯說這稿還未到，到了自會評估，但他建議學校應先向其他早報設法，因為他們出報比我們的早。我又跟報社的社長通電話，他說教育部也有人打電話給他，希望這事不要吵大了，對社會風氣造成不好的影響，社長說，我們報社是識「大體」的，要我的朋友不要太過擔心。

接著李運也與他們校方連絡，報告進行的結果。說完他與我都坐回到座位，咖啡廳老闆沒事可做，表示願意來聽我們說話，我們都說歡迎。

「大約是寂寞又孤單的緣故吧。」李運說：「希望明天沒事，否則學校就很難應付了。」

「該說這年齡的人，不會發生這事的。」咖啡廳老闆說：「看起來是幾個女的受害，其實受害最深的反而是他呢。感情這事，年輕人是船過水無痕，而有年紀的人一受傷，就可能是以後一輩子的事，因為沒有弭平補救的機會了。」

「我昨晚想了一整晚。」李運說：「到底為什麼會發生這事？老實說洪閬炎不算壞人，因這事毀了名譽，也真不值得。我想他長年在國外，表面堅強而內心脆弱，只要別人表示善意，很容易感情用事，這是他幼稚的地方。再加上在歐洲，一般人把男女關係看得很平常，只要都成年了，你們要幹什麼就幹什麼，除了『當事人』之外沒人要管，他們那裡，成了年的大學生是沒有『家長』的問題的。但在我們這兒，卻不是這樣。」

「反正男女的事怎麼說也說不清，希望這事明天不要鬧大就好。」我說：「不過這事真鬧大了，又能怎麼呢？你只能罵他老不休，但老不休犯了法律的哪一條？你不能說我六十了就不該有色欲了吧？但照你所說，他是匆匆捲鋪蓋走人，連個辯白的機會都沒有，也許在他那邊是有委屈的。」

老闆看我們杯裡的咖啡已喝完，問我們是否有興趣再喝一杯，說昨天剛進貨了一包牙買加，據說是好東西，還沒拆封，問我們願不願做他的「白老鼠」？李運跟我都表示願意嘗嘗，他就張羅去泡了。他一邊泡一邊把音響喇叭的聲音開大一些，原來是貝多芬的那首有「槌子奏鳴曲」稱號的鋼琴曲，這首奏鳴曲與《大賦格》一樣，都是作者最晚期的作品。咖啡端上來時果然一片異香，輕嘗了口，覺得醇厚無比，我跟老闆說：「真不愧是牙買加的呢。」

「是誰彈的？」李運問，當然指的是喇叭裡的音樂。

「巴克豪斯的，錄音有點老舊是嗎？」老闆說。李運停了一下說：

「不覺得。你聽他處理這第一樂章最混亂的部分也沉穩得很，一點也沒有煙火氣，不愧是大師呢。這首是貝多芬鋼琴曲中最沒人敢彈的曲子，比較艱澀又不是很好聽，有人說貝多芬晚年性格大變，所作的曲子不在乎別人能不能彈、喜不喜歡聽，一副想與眾人為敵的樣子。」

提起音樂，我想起不久前李運跟我們說洪閬炎曾發現貝多芬遺稿的事，便說：

「對了，忘了問你，幾個月前提過洪先生發現過貝多芬遺稿，後來怎麼了？」

「這事他一直沒再提起，我們也不知道事情的結果，有次一起吃飯，有個外校老師問，我看他好像搪塞而過，想他也不願意再說。不過我聽過一個知情的人說，洪一早就知道那不是貝多芬的東西，拿出來，只想在維也納出個小風頭，畢竟一個台灣去的人，在那個西方的音樂之都，光想露個臉，都是難事一樁呀。」

「這麼說來，他還真是寂寞的人呢。」咖啡廳老闆說。

之後我們就什麼也不說了。我們默默的把杯中的牙買加喝完，確實是好咖啡，老闆燒咖啡的火候也無懈可擊，連最後一滴也還有勁道。這時巴克豪斯的琴鍵在空中震盪流轉，是彈到第三樂章那極長又極紛亂的部分了，其中一段，強音的後面是一陣很悶的低語，很少有人能解釋在這強弱的對照中，貝多芬究竟要說的是什麼，接著又是一連串的由快板轉為慢板的樂音。終曲是極慢的慢板，但不很平緩，帶著一點顛簸不安的情緒，這在貝多芬晚期的作品很常見，把聽的人帶入半夢半醒似幻似真的世界。

這個故事的結尾不是很美麗，也沒有真正終結的意思。但除了童話，世上所有故事的結尾，豈不都這樣嗎？

黑名單

一

有一天我從報社回家，路上遇見一個有點熟悉面孔的女性。她見到我也怔了一下，後來用懷疑的口氣叫我的名字，我說是呀是呀，問她大名是？「陳素姬」她說，我想了一下就想起來了，是我在鄉下讀高中的同班同學呢。臉跟身材都變了，只是聲音還是原來模樣，我記得我到台北讀大學的時候她就嫁人了，對方是個醫生家的男孩，後來沒連絡，連最後一次見面是什麼時候都忘了。

「你現在哪兒高就？」我問她，問過就有一點後悔，對女人好像不是這個問法，但該怎麼問，一時也想不起。好在她並不在意，笑著問我說：「聽人說你在新聞界，怎麼樣，混得不錯吧？」

「只是個兼職編輯，雖然在報社，但不算新聞界，編的是藝術版，有點像副刊的樣子。」我說。

「也算新聞界了。」她笑著說。

「那你呢？」我問。

「我嗎？有點一言難盡呢。」我正好閒著，便問她是否有空，可以的話到附近咖啡廳小坐，順便談談，她遲疑了一下說好吧。

我帶她到我常到的那家咖啡廳，下午時分，咖啡廳人不多。我們坐定，咖啡廳老闆來招呼我們，我跟他介紹是我高中的同學，已很久沒見了。老闆聽了很熱情的說，有這層關係，那得好好招待了，又說有好的曼特寧，問她想不想喝，說這第一次光臨，他是要請客招待的。她先說謝謝，接著說最近胃有點不舒服，不怎麼敢喝咖啡，老闆說既是胃不舒服，也建議不喝咖啡，「我為你泡一壺薄荷茶好嗎？薄荷熱泡了是能暖胃又寧神的。」她便點點頭。

「那就煩你泡一壺薄荷茶吧。」我說：「我還是來杯曼特寧。」

「小姐這壺由我請客。」老闆對我笑著說：「至於你的咖啡，就得收費了。」

我也笑著說那是自然的呀。

老闆去張羅了，她問我怎麼跟咖啡店老闆這麼熟，我說報社在附近，這裡我常來，而且告訴她老闆是個對音響與咖啡有研究的人，很有品味的。咖啡廳的冷氣開得不強，但空間夠，安靜又舒適，吧台旁的喇叭，正放著一首低音薩克斯風的爵士樂，我們坐了一刻，彼此都沒說話。

「該怎麼問呢？」隔了陣，我說：「好像高中畢業沒見過幾次面，你就結婚了。現在怎麼樣了？你丈夫是不是也從事醫學方面的事？譬如當醫生等的，我只知道他們家是開醫院的。」

「這叫哪壺不開提哪壺了。」陳素姬笑著說：「我其實已經離婚很久了，知道的人沒人會提的，怕會傷我的心吶。」

「對不起我不知道。」

「當然不怪你，不過你們男人總是愛問人家的婚姻問題，好像我們女人生下來只是男人的附屬品的樣子。不只男人，女人也一樣，不管熟與不熟，都先問你先生在做什麼，假如你是女人，從來沒人問你現在做什麼的。」她有責備我的意思，但臉上一逕掛著笑，倒不是深責。

「好了，我已說過對不起了，不過記得我剛才問過你在哪兒高就的，你沒回答，現在再問你一遍吧？」

「都是牢騷話，你也無須當真。你問我在做什麼是吧，我其實什麼也沒做，一個人悠遊度日。」她有點焦點不集中，話顯得渙散。正好老闆將她的薄荷茶與我的咖啡送來，她的薄荷茶是由一個精緻的白瓷壺裝的，瓷壺下面還有個點著蠟燭的小爐，老闆貼心的送來兩套杯子，說我如果也想嘗的話。

她看我沒有答腔，便說：「你不用擔心，像我們這種沒有婚姻的老女人，每個人見到都逃避三舍的，深怕我們纏上他不放，但我不會的……」

「什麼話，還沒幾句呢，就胡說起來。」我立刻說。

「我現在生活很好，沒有婚姻的羈絆，自由又舒服。你會問有沒有財產？告訴你，那次婚姻令我很滿意，不是感情上的滿意啦，而是我因婚姻的關係過繼了兩項在美國的房產，只擺在那兒十幾年，就成了闊人了。」

「怎麼這樣好命？」

「我丈夫家，世代是台南的醫師望族，在美國老早就有產業，我們結婚後，我丈夫把其中兩項過了給我，一間在紐約的皇后區，一家在洛杉磯附近的爾灣，本來打算自己往來東西兩岸時住的。我告訴你一個笑話，當年我們在皇后區法拉盛的房子，曾經是當地台獨運動的『要點』，假如不是美東的台獨中心，也是紐約地區的中心站了，往來的有頭有臉的人物，我還是不要舉他們的名字吧，還真是數也數不清呢，一度有人說，有一天台獨成功，這幢房子算是海外的革命聖地了。是幢兩層樓前面臨街，後頭有花園的房子，外牆漆成鼠灰色，而窗框門框都漆成白色，大門外的走道前有四根柱子，雖然是木製品，卻雕成希臘神殿的樣子，說起來還真是有一點氣派的。」

「現在呢？」

「說來話長。」她停下來喝了一口薄荷茶，盛讚老闆泡得好，要我也嘗嘗，我說等下我喝完咖啡再嘗吧，她就繼續說：

「革命進行了一半，我跟丈夫就不和了。很多人會以為是婚姻之外的感情因素，譬如有第三人介入之類的，都不是，這一點，我可以保證。我們後來不和，是另外的緣故，要聽嗎？」

我點點頭。

「剛結婚的時候，或者更早吧……」她遲疑了一下說：「他是個內向又溫柔的人。有一次我們在公園撿來兩隻毛還沒長齊的小麻雀，一定是從巢中跌下來的，我們帶回家，用紙幫牠們做了個窠，餵牠們吃書上查到的食物，紐約有兩家專賣鳥類食品的店，一家在城西自然歷史博物館附近，一家在上城的哥倫比亞大學旁，從我們住的法拉盛過去要轉幾班地鐵的，他竟然到那兒幫牠們買很小包的東西回來，去一趟半天就耗掉了。一隻麻雀順利長大，放牠出去，老不肯飛遠，另一隻也許跌下時就摔傷了，隔了幾天死了，看著死去的麻雀，他沒有掉淚，但臉上憂傷的表情，我到今天還不能忘。我才明白有一次在書上看到的，說在人身上看到最偉大的表情是憂傷，十字架上的耶穌就是這樣。」

她說話時有時會悠悠看著天空，一看到我在看她，就臉紅淺笑起來，我記得我們讀高中時，她坐在我前排，白衣黑裙的，臉上就常這一副表情，不過那時她瘦得很。停了一下她說：

「想不到革命會改變人的氣質的。」說了就停下來，我不敢打斷她，想等她繼續，但她好像不再想說了。我想接下來的也許是傷心事，也不好逼她，便藉口我咖啡喝完了，想喝一點她的薄荷茶，她點頭，我倒了半杯嘗嘗，果然溫暖又清涼，又帶著一絲絲的甜味，與我的曼特寧比較，一剛一柔，形成對比。

「你知道我剛才說的意思嗎？我說革命會改變人的氣質的。」她問。

「也許吧，不如你把話說完，有不懂的我再問。」

「好吧。」她又停了一下才說：

「我剛才說我們家成了台獨的中心，還記得嗎？起初我們所見面的台獨論者，都有比較高的道德意識。當時我們也年輕，參與的大多是紐約地區的留學生，理想都很高的，你知道嗎？講獨立如果只是奪權，是政治上的角力，沒有道德意識在其中，就沒有意義了。在我們而言，獨立是靠自己的力量來頂天立地，不乞憐他人、不仰仗外國，就算窮，也要『固窮』，就算彈盡援絕，也要死守，這叫做骨氣。革命者都是浪漫的理想家，我與他都有這個認識，固窮與死守是我們的責任，萬一革命成功，分天下是他們的事，我們是不屑一顧的。」

「這樣很難吧。」我說。

「當然是難的，因為困難，才值得去做。人掙脫牢籠，得花幾千年的時間呢。革命是吃麥當勞嗎，叫一客牛肉漢堡一杯可樂就搞定了？」

「你們從未考慮成功的機會？」

「當然考慮過的，從目前的情勢看，成功的機會微乎其微。有時候革命者得一半是理想家、一半是賭徒，要有孤注一擲的勇氣，這兩種人我都愛，都是浪漫的。」我雖然與她同過學，卻從來不曾聽過她說這類的話，而且神情激昂。她眼睛朝著空中轉了轉，停了一下，她看著我又說：

「還有須要先弄清楚，什麼是你所謂的成功？孫中山的革命成功了嗎？成功了為什麼他臨死還要說什麼革命尚未成功呢？古巴的切・格瓦拉在玻利維亞被中情局逮捕殺害了，但失敗了沒有呢？後來不只中南美，在世界各地搞革命的人，無不把他當成偶像，是成功了或是失敗了，好像不是一句話能說得清楚吧？」

「你的意思我知道，你的台獨是理念，而不在乎是否要建國的事，對嗎？」

「說對也對，說不對也不對。所有的事都不可避免有現實的層面，獨立建國當然也是理想的一部分。我的意思是並不能因為其中的現實成份而不顧其中的理想成份，譬如尊嚴與人道主義，不能因為權利爭奪而忘了它，我覺得它才是革命的核心意義，沒了它革命只是權力鬥爭。這也是我與我以前的丈夫越走越遠的理由。」

「是這方面的意見不合嗎？」

「我曾說過，他是一個為受傷小鳥都憂傷莫名的人，他當然是個人道主義者了，而且是天生的，後來家裡聚了越來越多的革命份子，他的性格就逐漸改變了。按理說我們的人道主義是不分彼此的，就算政治上的敵人，我們也要以人道主義對待他們。但在技術上玩革命遊戲的人不是如此的，他們一定要製造強烈的敵我意識，把敵方的一切都形容成絕頂的壞，對這個絕頂壞的敵方，是不可以施以同情的。當時美國發生了災害，大家還曉得捐款救災，但中國發生了天然災難，死的人比美國要多，他們卻說活該，說是上天給中國的責罰。這個論調十分弔詭又充滿危險性，你知道嗎？被革命情緒沖昏了頭的人，是不把敵人當『人』看的，我曾在聚會中看過幾個以謀刺為光榮的人在家中高談闊論，我當時表示不滿，馬上被說成溫情主義，甚至被說成濫情，說革命就是矯枉過正，又說既要革命，不用些殘忍的手段是不成的。」

「你丈夫當時怎麼說？」

「當時他並沒有說什麼，我知道他心中也許不會以為他們說的是對的。但是越到後來，我就沒有那麼把握了，我看到他跟那些極端份子走得很近，不全然是盡地主之誼，他們常來我們家，是因為我丈夫與他們有情義相通的地方。後來他越來越贊成在必要的時機不排除使用暴力的手段，這部分原因是大陸的中國人在世界各地不計一切的要打殺我們，而台灣的執政當局也在想盡辦法的迫害我們。譬如台灣把我們列入黑名單，只要我們回台灣就會立刻遭到逮捕，這叫濫施國家暴力，所以說起來，暴力革命論也有不得不提倡的理由，暴力的責任也不盡在小小一撮革命份子身上，比起他們來，這些異議份子小的可憐，不是嗎？何況這暴力論很少機會成為行動，絕大多數只是說說罷了。」

「看起來你也贊成暴力論了，不是嗎？」

「當然不是，」她搶著說：「我從來不贊成暴力論，剛才所說，只是說一些暴力論產生的原因。不論國家暴力與個人暴力我都不贊成的，我的革命觀點是從托爾斯泰來的。你會問與一般的革命論有什麼不同，是吧？這話我從來沒說過，依托爾斯泰的看法，同情不是只對自己人，對所謂的敵人也得同情，所以在這種觀點之下，是沒有任何理由對自己對別人施行暴力的。」

「別人以暴力對我呢？」

「原諒他、感動他，如果不成，以身殉道。」

「跟甘地做的很相像？」

「是的。所以成功失敗在是否留下典範，而不在是否建了一個國家。」

「哈哈，這樣太困難了。」我說：「要知道時間經過了幾千年，在世上幾十億人口中間，才出一個甘地啊，這樣豈不期望太高了？」

「沒有期望的革命，只是在利欲的渾水中爭奪一場，誰勝了誰敗了，有什麼意義呢？」

「你說得真好，但一定不是實情。在我看來，所有的革命在起初有一點你說的成份，但後來都不是那麼回事了，人類對利欲爭奪的興趣從來就比理想高的。」

我說我很對不起說了這重話，她聽了沉默了一陣，後來說：

「我知道你也會這麼說的，這是所有悲哀之所在，不過這也是我們夫妻失和的原因。」

「後來你們怎麼了？」

「結果已經說過了。他整天被那些所謂的革命的行動弄得昏天暗地，而且越來越極端，對敵人（你知道我所指的）的所有都不能容忍，這壁壘也越築越高，包括對自己的同志，也慢慢的產生排擠的作用，因為在同志中間，也會有意見不同的人。你知道起初我們主張獨立，是歡迎一切認同我們理想的人參加的，越到後來，他們就越不允許不同的『族類』加入了，更糟的是最後把那群同情我們理想的人也視作敵人了。我原有個在NYU讀圖書館學位的同學，嫁了個出生在台灣的外省人，叫作韓台生，也在NYU讀牙醫博士，早年夫婦兩人都參加我們的家庭聚會，男的比女的還傾向我們，從不承認自己是『華僑』，而稱自己是『台僑』。不知道你知不知道，我們早期的台獨運動的標章一度是採用他所設計的。」

「是什麼標章？」

「當時他設計的旗幟是紅底的，不是現在用的綠色的，說紅代表血液與真誠。旗幟中間有個白色的符號，是由一個三角形與一個圓形結合而成，看來像一個戴斗笠的農人頭像，表示台獨運動的草根性，還有那個上面三角下面圓的圖案很像台灣的「台」字，這個標章設計好，幾個現在算大老級的都說太好了，大方醒目又寓意深遠。韓台生自己都感動得不得了，一天他要他太太縫了面有這圖案的大旗子，自己倒在我們客廳的沙發上，把這面旗子蓋在身上，說日後他要是死了，大家得用列寧的方式幫他發喪，引得幾個人又笑又哭的。像韓台生這樣的人，他們後來不與他往來了，我在背後聽到的理由是他是外省人，也許是中國或台灣的執政當局派來臥底的。當然不是，可憐韓台生出生在台灣不說，一輩子都沒去過大陸，但在偏狹的觀念中被『排他』排掉了。」

「陳素姬，」我有點開玩笑的說；「對不起，你有這種心腸，是不適合搞革命的，比較合適的是做個作家，關起門來著書立說以喚醒世人，至於有沒人看，老實說，我也沒有把握了，哈哈。」

「你在取笑我，我不怪你。令我最覺不快的是極端的思想改變了我丈夫，讓他成了另一個人。早年會為小鳥憂傷的他已不見了。他其實也不是玩革命的料，因為太投入了，不說傾家蕩產也不惜，自己性命也完全不顧，我看他身體壞了，學業事業幾乎停了毀了都不在乎。我們沒有孩子，這段婚姻的結束是他先提出來的，我所有的話他都聽不進去，後來也只得放棄了。幸好我們辦手續的時候，他的幾棟家產都還沒敗掉，兩棟房子是一結婚就過給我的，也不受影響，這趟革命之旅，我的收穫還頗豐，說起來，還是個很大的諷刺呢。」

我們從下午三點多進咖啡廳，已過了兩個多小時，黃昏時候，天已暗下來，有幾個客人進來。是她發現不早了，問我有沒有事，就是沒事也該走了。我問她目前在台灣是定居或是回來旅行？她說她現在是加州爾灣的居民，紐約的革命聖地早賣了，接手的也是個台僑，是個純做生意的，賣了才使得她後半生得以衣食無虞。台灣經常回來的，還有家人在呀，我突然想起她曾說過海外黑名單的事，問她是否還列名在其中？她大笑說：

「我看你真食古不化，你不知道當年多少列入黑名單的人，現在以它為資歷，都大紅大紫的在台灣做大官嗎？我們這些『小咖』的算什麼呢？」

我又問她有否她丈夫的消息，她說輾轉聽來一些，不是很清楚，好像也沒有再婚，台灣也一直沒回來過，我說這麼說來，真正台獨的理想家，而且最有骨氣的非他莫屬了，她聽了哈哈大笑說：「是呀是呀！」

二

約莫隔了半個月，我收到一張畫展的請柬，請柬上所附的油畫與水彩都不好，但署名的是一位新聞界有名人物的夫人，在請柬上自稱她與丈夫都是海外的異議份子，曾列名「黑名單」達二十餘年之久，便動了去一看的念頭。

是個陰雨的日子，畫展在東區的一個著名私人畫廊舉行。開幕酒會相當盛大，簡直冠蓋雲集，可以料到的幾個首長及民意代表都來了，執政的與在野的都有，沒來的也送了花籃。但被拉上台致詞的都是外行，說的都不是藝術上的話，只有在愛台灣、愛鄉土之類的官腔上打轉。其實展出的畫作以西式瓶花為主，還有幾張威尼斯的寫生，筆觸與構圖是仿莫內的，沒一幅是鄉土風景。一個留著長髮像詩人的無聊漢說：「各位看到的是一個在海外為理想奮鬥了半生的人，如何在無情的屈辱與打擊下生存過來，靠的就是藝術！」接著說畫家如何將鄉愁昇華成超然的感情，再將超然的感情昇華成偉大的藝術，引得一陣陣的掌聲。

我把展覽之作快速瀏覽一遍，發現一無可看，正想離開，卻在會場的一角看見陳素姬。她與一個穿著牛仔裝戴著成串玻璃項鍊的女人談話，一看到我便大聲說想不到你也來了，便拉著那女人作介紹，說她姓林，是從事劇場與表演藝術的，最近在紐約舉行舞展，那女的更正說是「策展」啦，表現舞蹈的不是她，陳素姬連說是策展，但策展比跳舞的還重要對不對？便彼此調笑起來。隔了會兒，陳素姬回頭問我認識畫家嗎？我指了指面前的畫問是她嗎？她點頭，我說她的丈夫是有名的報人，新聞界的人多少打過照面，至於畫家，以前並不認識，最近收到請柬才知道。「你覺得她畫得好嗎？」她問，我避免正面批評，只說：「別忘了我在編藝術周刊呀。」她笑笑。

女畫家是個高個子，頭髮有點蓬鬆，看得出染過，在會場與賓客周旋，走到我們附近，見到陳素姬與那位林小姐短暫交談了兩句，原來她們是認識的，但好像並不熱絡，跟我則全然不識，只禮貌的點點頭就走開了。陳素姬問我還有事嗎？我說還好，她說我們不如端杯飲料到旁邊談談，這時林小姐說這兒亂糟糟的，又吵得很，不如找家咖啡廳去坐，陳素姬看我反應，我說也好。我們就走出畫廊，正好附近巷子有家小咖啡廳，咖啡廳門前有棵很高大的芒果樹，繁密的樹葉中看得到幾顆下垂如腎形的青芒果呢。

「搞什麼嘛，還雙雙自稱是黑名單。」剛一坐定，林小姐就說：「畫畫得好不好，就另當別論，自己以海外受難者自居，還要別人當她烈士看，這世界還有真理沒有？」

「要說真理，還真是諷刺了。今天到場的，總有一些人跟我們一樣，是把它當作笑話來看的，你也不要太過生氣。」陳素姬說。

我們各點了杯飲料，陳素姬看著我說：「你也許不明白我們生氣，她說她是黑名單，也沒有錯，我們那一夥是把她與她丈夫列入黑名單的。以前中國人把投靠外國人的自己人稱做漢奸，我們把表面朝我們輸誠，其實是向另一方效忠的叫『台奸』，這點你知道嗎？其實這事我最明白，她當年也住在紐約，我們還常碰面的，她與她丈夫，跟我們有來往，卻從來沒輸誠過。」

「她丈夫在國民黨大老在海外辦的報紙上當高層，怎麼敢向你們輸誠？」林小姐說：「後來報紙辦垮了，落魄了一陣，還是那位大老接濟的，隔了幾年，不是又由那位大老請他們回台灣的嗎？回來也在大老的報紙做高官，現在大老死了，自己又夜奔敵營，到另一個向來與他報紙唱反調的報社服務。這也許是生活所逼，沒人跟你計較，這時卻說自己是海外受難者，有道理嗎？要說自己是黑名單，何不早說？」

「不過現在台上吃香喝辣的，好像都是這種投機客，不論哪個陣營。」陳素姬說。

「應該都是吧。」林小姐說：「這才顯得人有高貴，也有卑微，卑微的人總是比高貴的人多了許多。」

聽她們談話，我想起陳素姬的丈夫，我也許不贊成他過激的革命論，但他從不與權利攪和，卻也算條漢子，不是嗎？我記起陳素姬上次描述他的樣子，一個被革命逼得身心俱疲，連妻子房子都不要了的男子，放在那群騙子與投機客之間，是會多麼的不搭調了。幸虧今天的場面沒有他，他看了，反應就會更強烈了，陳素姬跟他比較起來，外在還是顯得圓滑一些，雖然在某些地方她堅持原則。陳素姬發現我沒說話，轉頭問我有什麼意見。

「我沒有意見。我見過她丈夫幾次面，看起來是個溫和的人，我以前還以為是個大統派呢，他以前的報老闆是國統會的重要成員，他跟他老闆這麼殷切，難道不是嗎？聽你們這麼說，才知道有這麼回事。不過像這樣忽左忽右的，在新聞界其實不少，新聞界掌握社會動向，變得也自然快一點，堅持前後一致是需要力氣的。怎麼說呢，也許稍稍軟弱一點吧，每個人身後，都可能有一大堆不得已的。」我說了有點後悔，因為我的話有點和事佬打圓場的意思。

「被生活或欲望所逼，個性軟弱，好像都還可以原諒，但不能扯謊做騙子。還有，這兩天聽到有人在評論他們，說這對夫婦是在對方陣營做臥底的，但到底何方是他的對方何方是他的己方，恐怕也說不清楚。」林小姐說。

「好了就不要再說了，我很討厭臥底的人，不論到哪一方臥底，我都討厭。要同意要反對都得挺身而出，革命是最高原則，身家性命都不要的，幹嘛那麼權謀到對方臥底？要說他們是騙子，我們沒有當眾拆穿他們，也許是厚道，也許是鄉愿，要曉得騙子就是因為有一群鄉愿，騙局才可以得逞的，所以今天這場面我們都有責任。」陳素姬說完看著我，連說：「不對不對，不該把你拖進來了，我沒料到不知者無罪呀。」說完靦腆的一笑。

林小姐說想聽一聽我這藝術專家對她畫的批評。我聲明自己不是專家，只是因為編藝術周刊，有點機會接觸藝術，也都是很皮毛的，不夠深入，要聽專家意見，該找真正專家的。「你謙虛個什麼嘛，就我們三人，要到哪裡找你所謂的專家呢？就隨便聊聊不是嗎。」陳素姬說。

「我看她的畫，是跟過老師的，比例、背景都經人指點過，不算是像盧梭一般的素人畫家，而且她特意模仿過莫內的畫，幾幅威尼斯風景可以看出，但好像沒得到莫內的神髓，只有一點皮毛。我不知道這說法對不對，大致說來，是個沒有看頭的畫展。」

「還說不是個專家，說的話比《紐約時報》的藝術評論更狠毒呢，哈哈，不過跟我的看法不謀而合，對不起，該說我的看法與你的不謀而合。」林小姐說。

「任何人只要專心做一件事，就算不漂亮，也不見得沒看頭，我看這位畫家的問題是她太不專心了。」我說。

「我記得有一次在《紐約時報》或是在另一個報上看到Robert Redman評論一個畫展也說過同樣的話。你們知道這人嗎？說起來還很好玩的。這位仁兄，評起藝術表現，不論是畫展或音樂表演，一不如他意一定直言不諱，連『胡說』這類字也可以放在標題的。有一次Georg Solti親自領軍芝加哥交響樂團到卡內基廳演奏馬勒交響曲，那幾年芝加哥交響樂團連續被《時代雜誌》選為全美十大交響樂團的第一名，可說是名氣如日中天，但第二天，Redman在《紐約時報》用『胡說』（bullshit）為標題寫了篇文章，指Solti所詮釋的馬勒是胡說八道，文中極盡諷刺謾罵的能事。當晚Solti還有一場馬勒演奏會，演出另一首馬勒交響曲。會後舉行記者會，一個記者遞上一張發言單，上面就只寫了『bullshit』一詞，想聽聽這位大指揮的反應。想不到Solti雖然是匈牙利人，英文不算靈光，竟也能開玩笑，他揚著手上的那張紙說，他常常收到罵他的匿名信，上面只有罵他的話，從不署名，現在收到的這張，只署了寫信人的名字，卻沒罵他，引得全場大笑。」

「你是說？」陳素姬問。

「沒什麼含意的啦，只是說說吧。不過這故事還沒有完，第二天Redman又在《時報》寫了篇文章，說Solti先生想要由他的馬勒來解放黑奴，一點也不好笑，因為他說的笑話，任何一個美國人都知道是林肯早就說過的。當然這是題外的話。」林小姐最後把眼睛對著我說：「你說的專不專心是對的，專心就是誠心，誠心是把任何事情做好的最基本條件，面對藝術不用誠心，是無法有好的作品的。」

說到這裡，其實已經沒太多話可說了。她們兩人後來把話題轉到其他事件上面，不是我熟悉的。我覺得這家咖啡廳的咖啡不好喝，一方面咖啡豆不好，另方面沖泡咖啡的人又漫不經心，倒是咖啡廳門前的芒果樹長得好，把整個前院覆蓋在濃蔭之中，坐在屋子裡有一種南國慵懶的風情。她們也沒再多聊，打算走了，我去付賬，林小姐在門口招了輛計程車，臨走謝謝我請客，說陳素姬那兒有她地址，到紐約可以找她玩。

林走後，陳素姬好像突然驚覺似的問我，還記得韓台生這人嗎？我說記得記得，是幫你們設計了一面旗子的人，她說她昨天才知道這消息，想不到在紐約跳樓自殺了，而且已過了兩三年了。我問是為什麼呢，是政治理念的問題嗎？她說好像不是，究竟源由是什麼，也沒人知道。我問他的太太是你的同學，她呢？她說也沒有消息，自從自己搬到西部之後，與這群在紐約的朋友，其實早就沒有往來了。

我又問她知不知道她丈夫目前在哪兒，她搖頭，說幾年前聽人說到南美去過，我問是去追尋卡斯楚與切・格瓦拉的足跡嗎？她說對不起，在這方面，她也真的一點都不知道呢。

我們從咖啡廳的巷子出來，又走了好長一段路，她說要回去了，這次是回她妹妹家去。我問她在台灣還要待一陣吧，她點點頭，我幫她叫了輛車子，上車時她說：「不知怎麼搞的，整個故事像夢一樣，夢醒了，發現身上一無所有，也許，這就是人生吧。」她把車門用力拉上，跟我笑笑。這時我發現詞窮，找不出一句話可以安慰她。

後記

雖然不會再來

這本小書，收集了我幾篇近日寫的小說。寫這類東西，我有點把它當作日常生活的點綴，一點娛樂的性質，本來應該輕鬆視之的，但整理出來時，還是免不了有點寄託與感之念。有人看了我其中的一些文字，總問所寫的是否真有這麼回事、有沒有「影射」的對象？我說你看呢。所有文學都是有感而發，當然有所影射，端看有意無意而已，文中諷刺挖苦的也許不是別人而是自己，你知道，我們生活在多麼紛亂的世界呀。

是「興」的什麼感呢？很複雜難言，總之，我們生活在的這個時代，有種偉大事物都過去了的感覺，文學與哲學都冷了，還有真正的藝術。查拉圖斯特拉出山，準備在人世間奮鬥一番，發現沒人理他，年輕人低頭在玩手機，中年人在忙於掙錢，老年人成天忙於延年益壽，只有查拉圖斯特拉還在想人生究竟為何這問題。當然找不出答案，但尋找這個問題很莊嚴的，不是嗎？孔孟老莊還有佛陀，豈不也在思考類似的問題？有沒有答案並不重要，重要的是有人注意，覺得它莊嚴，但在我們的時代，是沒有人想它的，更沒人像理查・史特勞斯般的為它寫交響詩了。是的，哲學與文學都冷了，還有藝術，還有很值得留戀的古典的感情也沒了，包括真誠的信任與愛情。

像中國的漢唐盛世、西洋的文藝復興，雖然不會再來，但畢竟存在過，也夠了，紙上的輝煌總比沒有好。這是我此刻的心情。

二〇一三年六月十三日寫於台北南港寄寓

INK PUBLISHING 印刻文學 371

黑暗咖啡廳的故事

作　　者　周志文
攝　　影　顏睦軒（p7,51,79,103,159,181,197）
　　　　　周悅如（p21,131,247）周志文（p225）
總 編 輯　初安民
責任編輯　施淑清
美術編輯　黃昶憲　林麗華
校　　對　施淑清　周志文

發 行 人　張書銘
出　　版　INK印刻文學生活雜誌出版有限公司
　　　　　新北市中和區中正路800號13樓之3
電　　話　02-22281626
傳　　眞　02-22281598
e-mail　ink.book@msa.hinet.net
網　　址　舒讀網http://www.sudu.cc

法律顧問　漢廷法律事務所
　　　　　劉大正律師
總 經 銷　成陽出版股份有限公司
電　　話　03-3589000（代表號）
傳　　眞　03-3556521
郵政劃撥　19000691　成陽出版股份有限公司
印　　刷　海王印刷事業股份有限公司

港澳總經銷　泛華發行代理有限公司
地　　址　香港筲箕灣東旺道3號星島新聞集團大廈3樓
電　　話　852-27982220
傳　　眞　852-27965471
網　　址　www.gccd.com.hk

出版日期　2013年9月　初版
ISBN　978-986-5823-30-6

定　價　280元

國家圖書館出版品預行編目資料

黑暗咖啡廳的故事 / 周志文著
--初版, --新北市中和區：INK印刻文學,
2013.09　面；　公分.（印刻文學；371）
ISBN　978-986-5823-30-6（平裝）

857.63　　　　102016960